KB093565

푸른 고양이

푸른 고양이

인쇄 · 2020년 4월 27일
발행 · 2020년 5월 7일

지은이 · 송지은
펴낸이 · 한봉숙
펴낸곳 · 푸른사상사

주간 · 맹문재 | 편집 · 지순이 | 교정 · 김수란
등록 · 1999년 7월 8일 제2-2876호
주소 · 경기도 파주시 회동길 337-16 푸른사상사
대표전화 · 031) 955-9111(2) | 팩시밀리 · 031) 955-9114
이메일 · prun21c@hanmail.net
홈페이지 · http://www.prun21c.com

ISBN 979-11-308-1666-1   03810
값 15,000원

이 도서는 2019년도 아르코문학창작기금 지원사업에 선정되어 발간된 작품입니다.

27 푸른사상 소설선

푸른 고양이

송지은 소설집

푸른사상
PRUNSASANG

첫 소설집이다.
나에게는 매우 특별한 일이며
처음 소설 쓰기를 시작할 때처럼 심정 또한 꽤 비장하다.

『푸른 고양이』가
당신의 가슴에 어떤 온도를 남길지 궁금하다.
부푼 가슴에 누름돌이,
얽매인 시선을 흔드는 추동이 될 수 있다면 좋겠다.

책이 나오기까지 푸른사상사를 비롯하여 여러분의 도움이 있었다.
나를 사랑하는, 응원하는, 오해하는,
당신들 모두에게 머리 숙여 감사를 전한다.
소설적 영감의 발원 조나단에게 고마움을, 나를 나 되게 한 당신에게 영광을 올린다.

2020년 4월
송지은

차례

알라의 궁전

"저 불빛이 끝 나는 곳에 알라의 얼음 궁전이 있어, 티푸." 아버지는 도심의 휘황찬란한 야경을 가리키며 알라의 궁전 이야기를 해줬다. "알라는 나쁜 짓을 한 사람을 궁전으로 초대한단다. 맛있는 음식으로 배를 채우게 한 다음 지하에 있는 얼음방으로 가게 하지. 그 방은 진귀한 보석으로 가득하지만 안에서는 문을 열 수가 없어. 보석에 정신이 팔려 있는 사이 알라는 밖으로 나와 문을 닫아버리지, 외개할 때까지 말이야." 매미 우는 소리가 고막을 찢는다. 아니, 모터 소리다. 나는 아직도 냉장실 안에 있는 것이 분명하다. 이제 그만 돌아와, 사촌이 했던 말을 아버지가 다시 하고 있다. "이제 그만 돌아와, 티푸. 스위티가 자꾸 엄마를 찾아." 죽으면 아버지와 엄마를 만날 수 있을까? 그래서 더욱 죽을 수가 없다. 사바사나부터 다시 시작하면 된다. 누워서 두 손을 하늘을 향해 편다. 뜨거운 액체가 목젖을 적시며 몸속으로 흘러든다. 나는 훔치기만 했다. 부모에게서 선한 아들을 훔쳤고 나디로부터 사랑하는 남자를 훔쳤다. 친구들에게서 유쾌한 친구를 훔쳤고 나에게서 웃음을 훔쳤다. 스위티에게서 자상한 아빠를 훔쳤고 알라로부터 신실한 사... 너를 훔쳤다. 그 모든 것을 훔쳐 섭씨 4도 냉장실 안으로 도망쳤다. 나는 눈을 감는다. 암흑은 처음

알라의 궁전

분명히 인기척이었다. 나는 문을 두드리며 고함을 지른다.

"모네 레코!"

아니, 여기는 한국이다.

"도와주세요!"

쾅쾅쾅. 한쪽 귀를 문에 붙이고 사람의 소리를 좇는다. 냉장고 모터 소리뿐이다. 분명히 환청이 아니었다. 기차 소리 같기도 했지만 종이박스 같은 것이 바닥으로 떨어지는 소리였다. 오금이 꺾이면서 바닥에 무릎을 찧는다. 또다시 잠이 들었던 모양이다. 머리카락 속으로 손가락을 집어넣는다. 두피를 움켜쥔다. 감각이 없다. 손톱을 세워 긁어본다. 톱질 소리가 난다. 속이 메스껍다. 그대로 눕는다. 졸음이 쏟아진다. 눈을 떠야 한다. 잠이 들면, 끝이다.

얼마나 시간이 지난 것일까. 아니, 얼마나 더 버틸 수 있을까. 갑자기 내가 왜 이곳에 갇히게 되었는지조차 기억나지 않는다. 누가 가둔 것일까? 기차 소리다. 눈꺼풀이 저절로 들린다. 기차 바퀴의 철거덕 소리는 순식간에 냉장고 모터 소리에 묻혀 사라진다. 다시 눈을 감는다. 타르 속 같은 어둠이 내 몸의 모든 구멍으로 흘러든다. 머리를 흔들어 어둠을 털어낸다. 정신을 차려야 한다. 저체온증에 빠지면 안 된다.

"케노, 뚜미 아마께 잘라또? 케노, 케노!"

뿌드드드, 뿌드드드. 왜 자꾸 나를 괴롭히는 거냐고 부르짖는 소리를 전기드릴이 분쇄한다. 신축 건물 공사하는 소리가 분명하다. 이 건물 바로 맞은편이다.

제자리 걷기부터 다시 시작한다. 팔을 뻗어 수납장을 잡는다. 수납장이 흔들하면서 삼각플라스크 병들이 바닥으로 굴러떨어진다. 부딪히고 깨지는 소리에 머리가 팽 돈다. 고장 난 문고리를 잡고 간신히 일어선다. 큰 소리로 숫자를 세며 걷는다. 에크, 두이, 띤. 무엇에 걸리지도 않았는데 자꾸 넘어진다. 다시 한번 하나 둘 셋, 소리를 높이지만 백 킬로그램을 넘나드는 몸은 순두부 자루처럼 바닥으로 쏠린다. 머리로 강철 문을 들이받는다. 퍽, 퍽. 공사현장에서 나는 소리인지 내 머리가 터지는 소리인지 분간이 되지 않는다.

푸른 고양이

아침이 된 것일까? 그렇다면 어제였다. 공사현장에서 한 노동자가 전기드릴로 아스팔트 바닥을 뚫고 있는 한국인 옆에서 파편을 쓸어 담고 있었다. 깡마른 체구의 외국인이었다. 그가 입고 있던 감색 점퍼 뒷면에 맥주 회사 이름과 로고가 크게 박혀 있었다. 눈이 마주치자 그는 구부렸던 허리를 펴며 나에게 인사했다. 아쌀나무 알라이꿈! 그도 내가 방글라데시인임을 알아본 것이다. 나는 그의 웃는 얼굴을 외면하고 연구동 건물 안으로 들어와버렸다. 그가 지금 저 공사현장에서 땀을 흘리고 있다고 생각하자 콧물이 목구멍을 타넘는다. 따뜻하다. 아직도 내 몸에 온기가 남아 있다는 것이, 신기하다.

"잠자는 근육을 깨우면 되잖아."

나디의 목소리에는 지친 기색이 없다. 나디는 어둠 속에 숨어 태평하게 장난을 걸고 있다. 이런 상황에서 요가라도 하라는 거냐고 소리를 지르려는 순간 아랫배가 부풀어 오른다. 들이마신 공기로 횡격막이 늘어날 대로 늘어나고 뱃가죽이 펴질 만큼 펴졌다. 복식호흡이다. 내 몸이 요가를 기억하고 있다니. 요가. 5년 전 인도를 떠나 한국으로 오면서 버렸던 단어다.

"갇혔다는 생각을 버려, 티푸."

나디는 언제나 저렇게 태연하다.

"생각을 버리면 이 고장 난 냉장고 문이 열리기라도 한다는 거야?

우리는 지금······.”

죽음 앞에, 라는 말은 잇고 싶지 않다. 난 죽음이란 단어 자체도 거부한다. 다카 거리에 나뒹구는 시신과 갠지스강 위를 떠내려가는 타다 만 시체를 숱하게 보면서도 내가 죽을 수 있다는 생각은 해보지 않았다. 언젠가는 죽겠지. 하지만 스물여덟 살, 네 평 남짓 되는 냉장실 안에서의 이런 죽음은 결코 아니다. 부릅뜬 눈알이 시큰해졌다.

연잎 향이다. 나디가 연꽃 자세로 앉아 깊은숨을 내쉬면 이런 냄새가 난다. 나디는 지금 어둠 속에서 요가를 하고 있는 것이다. 나는 두 발뒤꿈치를 회음부 앞에 나란히 모으고 앉는다. 무릎은커녕 정강이도 제대로 바닥에 닿지 않는다. 양손으로 두 무릎을 세게 누른다. 제길. 바지 엉덩이 솔기가 뜯어졌다.

두 손과 발로 바닥을 움켜쥐고 엉덩이를 치켜든다. 파카와 남방 밑자락이 아래로 쏠려 얼굴을 덮는다. 맨살이 드러난 아랫배에 도깨비바늘처럼 냉기가 달라붙는다. 내가 요가를 버린 것은 인도에서의 모든 것을 잊고 싶어서였다. 인도로 가면 새로운 세상에서 살 수 있을 것 같았다. 환상이었다. 지진이 난 것처럼 몸이 떨린다. 피가 아래로 쏠려 머리통이 빠질 것만 같다. 척추는 늘어진 뱃살을 감당하기 버거워 자꾸만 아래로 처진다. 숨구멍을 무엇인가로 틀어막은 것 같다. 콧물이 눈으로 들어가 안구가 쓰라리다. 눈물이 콧물을 씻

푸른 고양이

어낸다. 두 액체가 섞여 이마를 타고 바닥으로 떨어진다. 몸에서 빠져나가는 한 방울의 따뜻함도 아깝다.

냉장실 문이 닫히던 순간이 생각난다. 고장 난 문이라는 걸 알고 있었기 때문에 열 때부터 신경을 바짝 썼었다. 열쇠로 문을 열고 안으로 들어갔다. 준비한 발디딤대를 문틈에 끼워놓았다. 조심스럽게 시약 박스를 끌어 내리고 돌아섰다. 한 다리로 문을 열어젖히고 다른 발로 접이식 발디딤대를 빼낼 생각이었다. 문을 젖히는 순간이었다. 발디딤대가 바닥으로 빠지면서 냉장실 문이 닫혀버렸다. 순간 식은땀이 흘렀지만 괜찮았다. 오히려 악마와의 싸움 일 라운드에서 이긴 기분까지 들었다. 내겐 성능 좋은 휴대폰이 있기 때문이었다. 들고 있던 시약 박스를 바닥에 내려놓고 바지 호주머니에서 전화기를 꺼냈다. 휴대폰에 딸려 잡동사니들이 쏟아졌다. 원룸 키, 반으로 접힌 오천 원짜리 지폐 한 장과 천 원짜리 지폐 두 장, 꼬깃한 체크카드 영수증과 로또 한 장. 휴대폰을 빠뜨리고 들어왔다면…… 생각만으로도 등골이 오싹했다.

통화 버튼을 눌렀다. 박 대리 번호가 떴다. 유일하게 통화한 사람이 박 대리였다. 수화기 그림이 명암을 달리하며 들썩거리더니 바로 통화권 이탈 표시로 바뀌었다. 까치발을 하고 두 팔을 뻗어 눌러보고 바닥에 납작 엎드려 시도해봤다. 소용없었다. 주먹이 냉장실 문으로 날아갔다. 얼음가루 같은 찬바람이 머리카락 속을 헤집고 들어왔다. 나는 천장에 있는 바람구멍을 향해 발디딤대를 집어던졌다. 벽에 부딪혔다가 튕겨 나온 발디딤대가 전등을 스쳤다. 유리 파편 섞인 어둠이 흙더미처럼 쏟아져 내렸다.

까치발이 들리고 오금이 펴지지 않는다. 무게중심을 발뒤꿈치로 쏠리게 하자 정강이 근육이 찢어질 듯 아프다.

"아픔은 없어. 고통이라고 느끼는 생각만이 존재해."

"나디, 그 개똥철학 좀 집어치워."

나의 도망치는 뒷모습을 보면서도 나디는 웃었을까. 세상엔 화낼 일이 있는 것이 아니라 화를 내는 자신이 있을 뿐이라고 했던 나디다. 환경을 선택할 수는 없지만 감정은 스스로 선택하는 거라고 잘난 체했다. 나디가 그런 태도를 보이면 나는 더욱 화가 났다. 나는 감정이 아니라 환경을 선택한다. 깨진 아스팔트 조각을 쓸어 담으며 추위에 떨어야 하는 환경 대신 스팀이 스물네 시간 가동되는 연구실에서 공부하는 환경을 선택한 것처럼. 나디의 환경을 바꾼 것도 결국 나였다. 그날 밤 내가 나디의 손목을 잡고 그렇게 뛰지 않았다면 나디는 뭄바이 빅토리아역 뒷골목에서 벗어나지 못했을 것이다.

내 몸으로 들어가는 기운과 내 몸에서 나가는 기운에 집중해야 한다. 배꼽을 척추 쪽으로 끌어당기면서 늑골 사이사이에 공기를 채운다. 여기에 들어온 처음 순간의 기억으로 돌아가야 한다. 기억의 연상 작용이 내 의식을 분명하게 해줄 것이다. 시약 박스를 들고 나는 어디로 가려 했던 것일까. X 모양 뼈마디 위 빨간색 해골이 눈앞에 어른거린다. 문 바깥쪽 '독극물 경고' 글씨 옆에 붙어 있다. 이 냉장실 청소와 시약 박스를 옮기는 일은 언제나 내 차지였기 때문에 나에게는 익숙한 공간이다. 가슴께가 뻐근하다. 뚜드드드. 전기 드릴이 내 머리뼈를 뚫는 것 같다. 저 전기드릴만 있다면 이 냉장실에서 나갈 수 있을 텐데. 나는 기어서 문 쪽으로 간다.

"모네 레코! 모네 레코! 문 좀 열어주세요!"

죽을힘을 다해 문을 두드리지만 공사장 소리가 묻어버린다.

냉장실 안은 문이 있는 쪽을 제외한 세 면이 철제 수납장이다. 그 가운데에 공간이 있다. 한 사람이 간신히 박스를 옮길 수 있는 정도로 좁다. 종이박스는 모두 여덟 개였다. 인간의 생명을 연장하기 위한 연구용 시약이 들어 있다. 내용물을 꺼내 한쪽으로 모았다. 빈 종이박스 접착 부분을 펼쳐서 네 장을 바닥에 깔았다. 그 위에 누웠다. 나머지 네 장으로는 겹겹이 몸을 덮었다. 5분도 누워 있을 수가 없었다. 그대로 냉동인간이 될 것 같았다. 방 열쇠 끝으로 종이박스에 촘촘히 골을 냈다. 그러고는 몸에 둘둘 감았다. 가장 작은 박스 하나를 머리에 뒤집어썼다. 용수 같긴 했지만 코끝을 베는 듯한 찬바람을 막는 데는 도움이 됐다. 뉴델리 거리에서 찢어진 신문지를 덮고 잠을 자던 때가 생각났다. 적어도 춥지는 않았다. 어릴 때 살던 집도 생각났다. 지붕도 없었지만 따뜻했었다.

냉장실 안에서는 시간이 제멋대로 흐른다. 참고 참다가 한 시간 이상 흐른 것 같아 폰으로 확인하면 고작 2분 정도가 지나 있었다. 무엇보다 견디기 어려운 것은 의식의 시간대가 엉망진창이 돼버렸다는 것이다. 내가 돌아보고 싶지 않은 시간으로 자꾸 나를 끌어다 놓는다. 시계는 네 안에 있어. 그 시계를 먼저 볼 수 있어야 해. 세상의 시계만 바라보면 너의 시간을 허비하게 되는 거야. 시계를 사달라는 나에게 아미르가 한 말이다. 시계를 사줄 수 없는 아버지의 가난한 변명으로 들렸다. 내가 돈을 벌어 첫 번째로 산 것이 시계였다.

휴대폰 배터리가 빠르게 닳았다. 들어올 때가 밤 열한 시 반이었다. 전원을 하루 종일 켜놓았기 때문에 배터리 표시는 작은 막대 두 개뿐이었다. 플래시 라이트를 사용해서인지 15분도 지나지 않아 그나마 한 개가 사라졌다. 피식피식 비어져 나오던 웃음이 거기서 멈췄다. 나머지 막대 한 개가 사라지는 순간 나라는 존재도 이 세상에서 지워질 것만 같았다. 나는 휴대폰 전원을 꺼놓았다.

이마를 바닥에 대고 엎드려 눕는다. 양 손바닥으로 겨드랑이 아래 바닥을 짚는다. 발등으로 바닥을 누르면서 상체를 일으킨다. 천적 앞의 뱀처럼 정면을 쏘아본다. 다카 저잣거리에서 피리 소리에

푸른 고양이

맞춰 대가리를 꼿꼿이 세우고 있던 코브라를 본 적이 있다. 그것을 보는 순간 정신이 팔렸다. 엄마가 손바닥으로 내 눈을 가렸다.

"뱀은 지금 아이를 고르고 있어, 티푸. 가장 뚫어져라 쳐다보는 아이의 꿈속으로 오늘 밤 찾아가려는 거야."

어린 나는 몸을 돌려 엄마의 배에 얼굴을 묻었다. 엄마 냄새를 맡고 있으면 세상에 무서울 것이 없었다. 나는 지금 꿈을 꾸고 있는 것일까. 두 귓불을 세게 잡아당기면서 눈을 부릅떠본다. 보이는 것은 어둠뿐이고 귓불 감각이 사라졌어도 꿈은 아니다. 아직 살아 있는 것이다. 모터 소리가 더 크게 들린다.

아도무카스바사나를 하다가 수리야나마스카를 하고 있다. 상관없다. 시간은 많고 할 수 있는 것이라고는 요가밖에 없다. 그렇게 도망치고 싶었던 방글라데시 사람으로 되돌아온 기분이 든다.

"아빠, 우리 집에는 왜 지붕이 없어요?"

"그래야 저 위에 계신 분에게 우리의 기도가 더 잘 들리지 않겠니?"

아버지는 웃었다. 앞니가 빠져서 생긴 시커먼 구멍이 가난귀신이 사는 동굴처럼 보였다.

"아빠는 왜 더러운 신발들을 꿰매요?"

"알라께서는 헌신짝을 더 좋아하시거든."

옆에 있던 엄마도 잇몸이 드러나게 웃었다. 엄마의 이는 어린 나의 것보다 작았다. 그 조그만 이도 가난귀신이 갉아먹어 시컴시컴했다.

가난한 부모의 엉터리 철학에 고개를 끄덕일 수 있는 나이는 아홉 살까지였다. 썩고 빠지고 구멍 뚫린 이를 가지고 부족함이 없는 사람처럼 환하게 웃어 보이는 부모를 참을 수가 없었다. 일등 한 성적표를 내보여도 아버지는 고개를 저었다.

"일등을 위해서 학교에 다니는 거니? 이웃과 어울리지 않고 공부만 해서 얻은 지식은 저 헌신짝들보다 쓸모가 없는 거야."

학교도 다녀보지 못했으면서 뭘 안다고 그래? 나는 고래고래 소리를 질렀다.

"이 세상이 학교야. 알라의 품으로 돌아가는 길을 가르치지."

아버지가 두 손바닥으로 하늘을 받들며 웃었다. 그날 밤 나는 아버지가 꿰매놓은 헌 신발들을 모두 공중화장실에 처넣어버렸다. 배움의 끝까지 가는 것이 부모처럼 살지 않는 유일한 길이라고 부르짖었다.

어지럽다. 누군가 나를 뺑뺑이 돌린 듯 핑글핑글 돈다. 뒷골 근육을 무리하게 수축 이완했나 보다. 공사장 소음이 점점 심해진다. 세상의 모든 불쾌하고 시끄러운 소리를 빨아들이는 소음 집하장 같다. 사람 소리만 들리지 않는다. 내가 미친다면 추위나 배고픔이 아

푸른 고양이

니라 이 소음 때문일 것 같다. 그래도 냉장고 모터 소리만 들리는 것보다는 낫다. 나는 팔베개를 하고 엎드린다. 피로감이 대형 프레스처럼 등을 짓누른다. 또다시 졸음이 쏟아진다. 요가를 하면서도 자꾸 잠에 빠져드는 것은 요가 자세가 제대로 만들어지지 않기 때문이다. 5년 만에 하는 요가이기도 하지만 몸무게가 삼십 킬로그램 이상 늘었다.

나는 숟가락을 사용하면서부터 식욕이 조절되지 않았다. 처음엔 한국 식당에서도 손으로 먹었다. 주위 사람들이 흘깃거렸지만 나는 괘념치 않았다. 주인이 나에게 포크를 가져다줬다. 나는 포크를 사용하는 서양인은 되는데 손으로 먹는 벵골인은 왜 안 되는 거냐고 따졌다. 나의 영어를 못 알아들은 것인지 내 말뜻을 이해하지 못한 것인지 식당 주인은 경찰을 불렀다. 그 후로도 나는 손으로 먹었다. 그러다가 수저를 사용하기로 한 것은 한국 음식이 손으로 먹기에 적합하지 않기 때문이었다. 국물 음식이 많은 데다가 뜨겁고 매웠다. 젓가락에 익숙해지기 전까지 나는 숟가락만 사용했다. 입을 그릇 가까이 대고 음식을 입안으로 쓸어 넣는 식이었다. 그러다 보니 급하게 먹고 많이 먹는 버릇이 저절로 몸에 뱄다. 손끝으로 음식의 질감을 즐기며 먹으면 엄마의 젖꼭지를 주무르며 젖을 빨 때처럼 풍만감과 충족감이 동시에 느껴졌다.

"과식은 죄야. 배고픈 사람의 몫을 훔치는 짓이고 너의 몸이 쉴

수 있는 시간을 빼앗는 거야, 티푸."

먹을 것이 부족하기 때문에 지어낸 아버지의 군색한 변명이라고 생각했다.

다시 배가 고프다. 배고픔의 고통이 간헐적으로 나를 공격한다. 허기증 차원이 아니라 불안과 초조로 안절부절못하게 만든다. 나에게 배고픔은 죽음의 암시였다. 죽어가는 사람들의 눈이 하나같이 허기진 배처럼 움푹 패어 있었다. 허기질 때마다 뼈만 앙상한 채 죽어간 부모의 모습이 떠오르고 냄새나는 웅덩이 물을 손 바가지로 퍼마시던 때가 생각났다. 내가 요기가 될 수 없었던 것도 결국 단식 때문이었다. 나는 죽는 연습 같아서 단식 그 자체를 받아들일 수 없었다.

나에게 한국은 먹을 것의 천국이다. 실험실에서 나와 밤 열한 시경 대형마트로 가면 포장 음식들을 반값으로 살 수 있다. 양념 치킨, 잡채, 모둠 튀김 같은 것들을 세 개씩 묶어 한 개 값으로 팔 때도 있다. 거의 매일 밤 그런 것들을 사다가 라면과 곁들여 먹었다. 먹다가 남은 것들이 냉장고 안에 쌓였는데도 그다음 날 다시 사 왔다. 냉장고 안은 폭식한 내 뱃속처럼 언제나 꽉 찼다. 상한 음식을 버릴 때마다 움푹 들어간 눈들이 떠올랐지만 습관은 쉽게 고쳐지지 않았다.

온몸의 털이 쭈뼛 서고 뒷목 근육이 찢어질 듯 당긴다. 찐득한 콧물이 코와 바닥을 연결하고 있다. 썩은 음식들을 떠올렸는데도 침이 줄줄 샌다. 냉장고 속 세균이 된 것일까. 쓰레기통에 집어 던졌던 음식들이 더 미치도록 먹고 싶다. 뿌드드드. 전기드릴 소리에 내 몸이 사정없이 흔들린다.

가슴이 갑갑해 견딜 수가 없다. 내가 팔베개를 한 채 바닥에 엎드려 있다. 이 자세로 꽤 오래 있었나 보다. 이마가 팔에서 떨어지지 않는다. 육체를 지배하는 것이 정신인 줄 알았다. 그런데 섭씨 4도에서는 육체가 정신을 지배하려 든다. 시간이 더 지나면 정신이 육체에게 사정할지도 모른다. 제발, 나를 좀 쉬게 해달라고. 육체는 죽고 의식은 산 상태에서 관 속에 갇히면 어떤 느낌일까. 지금 이 느낌과 크게 다를 것 같지 않다. 누군가가 내 몸을 뒤집는다.

"나디?"

나디는 시치미를 떼고 다시 어둠 속으로 숨는다. 모든 소음도 사라졌다. 죽어가는 사람들의 가래 끓는 소리 같던 냉장고 모터 소리도 들리지 않는다. 정신을 잃은 것일까. 나는 모터 소리를 찾는다.

목이 마르다. 혀가 갈라질 듯 타들어 간다. 참아야 한다. 아직 마지막 남은 것을 마셔야 하는 순간이 아니다. 술을 한잔하고 들어와서인지 갇히면서부터 목이 심하게 말랐다. 나는 삼각플라스크에 담겨있던 세포배양액을 마셔댔다. 세포배양액이 인체에 무해하다는 것은 알고 있었지만 김빠진 맥주에 물을 탄 맛이라는 것은 처음 알

았다. 술 때문인지 배양액 때문인지 설사와 오줌을 여러 차례 눠야
했다. 비커나 플라스크에 담을 수 있는 양이 아니었다. 나는 하는
수 없이 종이상자를 하나 접어 그 안에다 눴다. 상추 잎맥과 콩나물
줄기가 묽은 똥 속에 가닥가닥 섞여 있었다. 얼마 지나지 않아 박스
종이가 젖어 퍼져버렸다. 배설물이 쏟아졌다. 그 바람에 다른 상자
들마저 축축해졌다.

"티푸, 모네 레코!"
나디가 비명을 지르듯 소리친다. 나디! 도와달라고? 어디 있는 거
야? 팔을 휘두르며 나디를 찾는다. 팔을 뻗을 때마다 물건 쏟아지는
소리가 모터 소리를 끊는다. 맨 위 칸에 놓여 있던 시약병들이 떨어
진 것이 분명하다. '3차 멸균수'라고 적힌 플라스크도 떨어졌을 것이
다. 마지막 남은 마실 것이었다. 잘 보관해두겠다고 맨 위 칸에
올려놓았다. 뚜껑이 알루미늄 포일이었으니 바닥에 쏟아진 것이 분
명하다. 마실 것이 사라졌다는 사실에 목이 타들어 간다. Buffer C
병뚜껑은 플라스틱이었다. 병이 깨지지 않았다면 내용물이 쏟아지
지 않았을 것이다. 찾아내야 한다. pH 6.5니까 마실 수 있다. 나는
낮게 엎드려 바닥을 더듬는다. 깨진 유리 조각에 손이 베인 것도 같
지만 통증은 없다. 한 줌 걸쭉한 것이 오른손에 잡혔다. 움켜쥐자
손가락 사이로 흘러내린다. 코 가까이 가져간다. 비명이 터진다. 독

사에 물리기라도 한 듯 나는 손을 턴다. 문에, 수납장에, 닿는 대로 손바닥을 문지른다. 청바지 호주머니 속에 들었던 것들을 모두 꺼내 손가락 사이사이를 닦아낸다. 돈도 로또도 다 소용없다. 스스로 나의 오른손을 더럽힌 거였다.

뚜드드드. 전기드릴 소리에 내 심장이 둥둥거린다. 호흡이 불규칙해진 지 오래다. 딸꾹질이 시작됐다. 아버지는 딸꾹질하듯 숨을 할딱거리다 죽었다. 뺑소니차에 치이고 4일 만이었다. 응급처치만 제대로 할 수 있었어도 살았을 것이다.

"엄마, 우리에게 왜 이런 일이 생기는 거지?"

나는 눈을 부릅뜨고 물었다.

"사랑하는 자에게 시련을 많이 허락하신단다."

엄마가 눈을 감았다. 감은 눈에서 눈물이 새 나왔다. 엄마는 비소 중독이었다. 비소 중독엔 수술이 필요 없다는 것을 몰랐던 나는 엄마의 수술비를 모으기 위해 돈을 훔쳤다. 학교 교장의 지갑을 훔쳤고 부자 동네 정육점에서 금고를 들고나왔다. 금고를 열기 위해 철공소에서 전기드릴을 훔쳤다. 훔친 돈을 건네는 나를 보던 엄마의 눈빛을 기억한다. 핏발 선 엄마의 눈에 고인 눈물이 피처럼 보였다.

"티푸, 엄마에게 필요한 것은 내 아들의 선량한 손이야. 알라가 바라시는 것도 바로 그것이고."

알라 앞에서는 떳떳했다. 훔칠 수밖에 없는 상황을 알라가 제공했기 때문이다. 엄마의 생사가 달린 상황에서 나에게 윤리나 신앙심은 화장실 휴지보다 소용없는 것이었다. 아버지가 죽고 2년이 채 되지 않아 엄마도 사망했다. 그날부터 나는 라마단도 지키지 않고 하루 다섯 번 기도도 하지 않았다. 알라의 사랑을 받기 위해 치러야 하는 시련 따위는 필요 없었다. 부모의 죽음 앞에 아무것도 할 수 없었던 아들이 신의 축복을 받거나 저주가 무서워 그의 규율에 맞춰 산다는 것이 뻔뻔스럽고 가증스럽게 느껴졌다. 나는 밤새 엄마의 돌무덤을 만들었다. 그리고 새벽 나는 국경을 넘어 인도로 갔다.

선명한 기차 소리가 내 몸을 훑고 지나간다. 우다이푸르로 가는 기차 소리 같기도 하고 학교 실험실에서 들리는 먼 전철 소리 같기도 하다.

무릎을 꿇고 머리를 뒤로 젖힌다. 엉덩이가 발뒤꿈치에서 10센티미터 이상 떨어져 있다. 몸의 배신이다. 아니, 내 몸에 내가 무슨 짓을 한 것일까. 가슴을 열어젖히는 것 자체로 고통스럽다. 초의식상태가 될 때까지 파드마사나로 앉아 있던 5년 전 일이 믿어지지 않는다. 숨을 헐떡인다.

"너는 너의 몸을 훔친 거야."

"뭐라고? 내가 뭘 훔쳤다고?"

나디는 나의 고함에도 아랑곳하지 않고 어둠 속에서 꼼짝하지 않는다. 티푸. 잘 생각해봐. 남자 목소리다. 누구…… 박 대리? 잘, 생, 각, 해, 봐. 낮고 굵은 박 대리의 음성이 공중에 던져진 긴 테이프처럼 굴절된다.

박 대리를 처음 봤을 때 동남아시아 사람인 줄 알았다. 작은 키에 피부가 검고 눈이 부리부리하다.

"유 냉장고 키 오케이?"

"네, 제가 냉장실 열쇠를 가지고 있습니다."

"와, 유 코리아 랭기지 퍼펙트."

"아닙니다. 아직 많이 부족합니다."

박 대리와의 인연은 그렇게 시작되었다. 그는 시약 배달을 올 때마다, 위 숏 타임 커피? 같은 변칙 영어로 한국어능력시험 최고급 소지자인 나에게 말을 걸었다.

박 대리가 귓속말을 한다.

"이건 죄가 아니야. 오히려 한국에 유익을 주는 거지."

박 대리 얼굴이 면도한 달마 같다. 심각해질 때 짓는 표정이다.

"티푸, 돈 필요하잖아. 나디 구하러 안 갈 거야?"

"나디를?"

딸꾹질이 난다. 박 대리가 나디를 알 리가 없다. 나는 아무에게도 나디에 대해 말을 하지 않았다. 나ㄷ. 내 딸꾹질 소리에 나디의 이름이 뭉개진다.

알라의 궁전

어릴 적 가지고 놀던 굼벵이가 생각난다. 소똥에서 꺼내 손바닥 위에 올려놓으면 여섯 개의 다리는 가만히 있고 희고 살진 몸통만 바둥댔다. 나도 지금 누군가의 손바닥 위에서 버둥거리고 있는 것은 아닐까. 아버지는 내 손바닥 위에서 죽어가는 굼벵이를 다시 소똥 위에 올려놓았다. 이런 장난은 알라께서 싫어하셔, 티푸. 그럼 장난감을 사주든가! 나는 아버지의 다리를 마구 차댔다. 아버지는 나를 번쩍 들어 올렸다.

"발길질을 하다니, 알라의 궁전에 가고 싶은 모양이구나?"

알라의 궁전이라는 말에 움찔했지만 겨드랑이가 간지러워 까르르 웃음을 터뜨렸다.

아빠, 죽지 마! 아버지의 얼굴이 돌처럼 차가워지고 단단해진 후에도 나는 아버지의 귀에 대고 계속 소리를 질러댔다. 그러느라 정작 아버지의 마지막 말을 듣지 못했다.

"죽음은 시작이야."

"엄마, 난 속지 않아."

"혹시 엄마 뱃속에서의 삶을 기억하니? 이 세상으로 나와야 했던 순간에도 너는 나오지 않겠다고 고집을 부렸잖아. 죽기 싫다면서."

엄마가 웃었다.

"나오고 나서도 한참을 울었지. 죽은 줄 알고 말이야." 웃고 있었지만 엄마의 두 눈에는 넘칠 듯 눈물이 그득했다.

"죽음이란 이 세상에서 다른 세상으로 가는 통로일 뿐이야."

엄마의 목소리가 모터 소리를 걷어낸다. 엄마! 나는 엄마를 찾아 두 팔로 어둠을 휘젓는다.

죽음이 아무리 더 좋은 세상으로 이어지는 통로라 해도 난 살고 싶다. 다시 요가를 시작한다. 숨을 크게 들이쉰다. 살기를 포기한 근육을 깨우고 열을 발산시켜야 한다. 두 다리를 박쥐 날개처럼 벌리고 발끝을 몸 쪽으로 당긴다. 허벅지를 두 손으로 잡고 상체를 숙인다. 웬만한 사람 몸통만 한 허벅지다. 이 지방을 태우면 생명을 연장할 수 있다. 상체를 숙일 때마다 근육이 찢어질 것 같다. 찢어져도 좋다. 통증을 느낄 수 있다는 것은 내가 살아 있다는 것이다. 기차 소리다. 여전히 사람 목소리만 들리지 않을 뿐 전기드릴 소리도 나고 망치 소리도 들린다. 낮이 분명하다. 낮이라 해도 이 냉장실 문을 여는 사람은 아무도 없을 것이다. 금요일 밤 열한 시 삼십 분에 나는 이곳으로 들어왔다. 이틀이 지났다 해도 아직 일요일이다. 내 몸이 끈 끊어진 마리오네트처럼 바닥으로 허물어진다.

딸꾹질이 다시 시작되었다. 주먹으로 가슴팍을 두드리며 호흡을 고른다. 다리를 벌리고 앉아 상체를 구부린다. 턱으로 바닥을 찍는다. 클린 히어. 그것이 전부였다. 세포 배양과 실험동물 사육실 청소를 맡으면서 그 누구도 방법에 대해서는 설명해주지 않았다. 나는 인터넷을 통해 얻은 정보 반 눈치 반으로 일을 했다. 매일매일 마우스 케이지 청소를 하고 깔짚을 갈아줬다. 인도에서는 릭샤를 끄는 일에 하수관 청소를 하며 학비를 벌었다. 냉난방이 적절히 유지되는 한국 대학의 실험실에서 못 할 일이 없었다. 한 달쯤 지났을 때 청소를 하고 있는 나를 향해 지도교수는 무어라 한국말로 소리를 질렀다. 내가 한국말을 전혀 알아듣지 못했던 때였다. 그의 성난 표정에 대고 영어로 영문을 물을 수가 없었다. 그는 그달 월급을 지불하지 않았다. 나는 그의 노트북을 훔쳤다. 보증금 없는 사글세를 살고 있었기 때문에 달리 방법이 없었다.

팔꿈치를 바닥에 대고 엎드린다. 물구나무서기를 하듯 두 다리를 들어 올린다. 마치 보이지 않는 끈이 내 발목을 끌어 올려주는 것 같다. 두 다리가 전갈의 두 집게처럼 균형감 있게 공중에 떠 있다. 들숨과 날숨이 물의 흐름처럼 자유롭다. 드디어 몸이 과거의 능력을 회복했나 보다. 복근이 거북이 등처럼 단단해진다. 뱃속에서 무엇인가가 꿈틀거린다. 스멀스멀 기어올라 내 숨통을 막는다. 내 두다리가 바닥으로 떨어진다. 쾍, 쾍. 까맣고 반들반들한 전갈 한 마리가 내 목구멍에서 튕겨져 나온다. 성대를 찢어놨는지 비명조차 지를 수가 없다. 입을 다물어야 한다. 전갈이 다시 내 몸속으로 들어올지도 모른다. 그런데 몸이 꼼짝하지 않는다. 다행히 전갈은 나를 거들떠보지도 않고 어둠 속으로 사라진다.

잠이 들었던 것일까. 아니, 만일 잠이 들었다면 나는 죽었을 것이다. 죽은 것일까. 아니다. 냉장실 모터 소리가 너는 아직 살아 있다고 대답한다. 휴대폰을 켜야 하는 순간이 온 것 같다. 손가락에 감각이 없어 바지 호주머니 속 휴대폰을 꺼내기가 힘들다. 간신히 꺼낸 휴대폰을 바닥에 떨어뜨린다. 나는 얼른 집어 두 손으로 감싼다. 가슴에 댄다. 깊은숨을 내쉰다. 나도 모르게 기도가 나온다. 한 통화만 할 수 있도록 제발, 도와주세요! 그래도 살려주세요,란 기도는 끝내 발설되지 못한다. 전원 버튼을 길게 누른다. 빛이다. 한 점으로 시작되는 붉은빛에 동공을 찔린다. 그래도 눈을 감지 않는다. 붉은색 영어로 된 상품 이름이 뜬다. 멈춘 것 같던 심장박동 소리가 모터 소리를 삼킨다.

통화 버튼을 누른다. 전화기를 감싼 두 손이 마구 흔들린다. 통신 상태를 알리는 막대들이 화면을 채운다. 탱큐, 탱큐! 탄성이 터진다. 녹색 막대들이 나타났다 사라지기를 반복한다. 도야 꼬레, 도야 꼬레, 제발! 막대들이 점점 작아진다. 큰 막대들이 차례로 지워진다. 작은 막대들도 뜨지 않는다. 통화 버튼을 연이어 두드린다. 전원이 나가버렸다.

"아악! 도야 꼬레, 아마께 바짠! 제발, 살 려 주 세 요!"

잘 생각해봐, 티푸. 박 대리의 목소리가 늘어진다. 냉장실에서 썩힐 거 다른 실험실로 넘긴다는데 그게 무슨 죄가 되냐구. 박 대리

말대로 내가 훔치려는 시약은 이곳에서 방치된 채 유통기한을 넘길 것이고 언젠가는 폐기처분된다. 티푸. 저 시약이 얼마짜린 줄 알아? 자그마치 삼천만 원어치가 넘어. 나디 구하러 안 갈 거야? 눈이 번쩍 뜨인다. 불이다. 불길 속에서 먹구름이 솟구친다. 사람들의 울부짖는 소리가 모터 소리에 찢긴다. 화염에 휩싸인 다카 방직공장 유튜브 동영상이 눈앞에서 돌아간다.

"나디가 행방불명됐어. 티푸, 돌아와."

티푸! 나디가 나를 부른다. 촛불을 들고 있다. 뉴델리에는 전기가 자주 나갔다. 우리는 촛불을 켜놓고 춤을 추고 요가를 했다. 우다이푸르로 가는 기차가 출발하는 순간 내가 뛰어내린 것은 나디로부터의 도망이 아니었다. 가난 속에서 안주해야 하는 환경으로부터의 탈출이었다.

누군가 전류가 흐르는 못으로 내 이마에 줄을 그어대고 있다. 손을 뻗어 쳐내버리고 싶은데 꼼짝할 수 없다. 나디는 살아 있을 것이다. 무너진 건물 속에서도 요가를 하며 숨을 고르고 체온을 유지하고 있을 것이다. 내가 한국으로 도망친 것을 몰랐던 나디는 만삭이 된 몸으로 나를 찾아 다카로 갔다. 다카 화재 소식을 접하자마자 나는 사촌에게 전화를 했다. 한국에 도착하고 처음 한 전화였다. 사촌은 전화를 기다렸다는 듯 울음부터 터뜨렸다. 나디가 행방불명됐어. 화재 현장에 있었거든. 티푸, 돌아와.

푸른 고양이

암흑보다 더 캄캄한 어둠이 존재한다. 나는 눈을 감지 않는다. 눈을 감으면 수없이 깜박이는 빛의 편린에 눈알이 긁힐 것만 같다.

티푸! 눈 좀 떠봐. 익숙한 목소리가 나를 깨운다. 이번 실험 결과가 가설과 맞지 않아 비관이 컸나 봅니다. 박 대리? 졸업도 막막하게 된 거죠. 무슨 소리야? 내 논문은 거의 통과됐다구. 벌떡 일어나 고함치고 싶지만 힘만 주어도 철 수세미로 목을 긁어내리는 것 같다. 졸업과 동시에 미국으로 가 포스트닥터 과정을 밟을 것이다. 제 폰에 티푸 부재중 전화가 여러 번 남겨져 있었습니다. 그런데 왜 하필 그 냉장실에……. 환청이 분명하다. 눈을 떠야 한다. 잠이 들면 안 된다. 인간을 위한 식품과 약품의 신선도를 유지하기 위한 최적 온도, 섭씨 4도에서 인간이 죽어나갈 수는 없다. 나는 죽을 준비가 되지 않았다. 아직 알라의 품으로 돌아가는 길을 배우지 못했다.

빛의 잔상이 꼬물댄다. 전등이 있던 자리가 분명한 것 같은데 빛이 점점 강렬해진다. 눈을 감고 있어도 눈이 부시다.

"저 불빛이 끝나는 곳에 알라의 얼음궁전이 있어, 티푸."

아버지는 도심의 휘황찬란한 야경을 가리키며 알라의 궁전 이야기를 해줬다.

"알라는 나쁜 짓을 한 사람을 궁전으로 초대한단다. 맛있는 음식으로 배를 채우게 한 다음 지하에 있는 얼음방으로 가게 하지. 그

방은 진귀한 보석으로 가득하지만 안에서는 문을 열 수가 없어. 보석에 정신이 팔려 있는 사이 알라는 밖으로 나와 문을 닫아버리셔. 회개할 때까지 말이야."

매미 우는 소리가 고막을 찢는다. 아니, 모터 소리다. 나는 아직도 냉장실 안에 있는 것이 분명하다. 이제 그만 돌아와. 사촌이 했던 말을 아버지가 다시 하고 있다.

"이제 그만 돌아와, 티푸. 스위티가 자꾸 엄마를 찾아."

죽으면 아버지와 엄마를 만날 수 있을까? 그래서 더욱 죽을 수가 없다. 사바사나부터 다시 시작하면 된다. 누워서 두 손을 하늘을 향해 편다. 뜨거운 액체가 목젖을 적시며 몸속으로 흘러든다. 나는 훔치기만 했다. 부모에게서 선한 아들을 훔쳤고 나디로부터 사랑하는 남자를 훔쳤다. 친구들에게서 유쾌한 친구를 훔쳤고 나에게서 웃음을 훔쳤다. 스위티에게서 자상한 아빠를 훔쳤고 알라로부터 신실한 자녀를 훔쳤다. 그 모든 것을 훔쳐 섭씨 4도 냉장실 안으로 도망쳤다.

나는 눈을 감는다. 암흑은 처음이고 마지막이며 시작이자 끝이다. 코끝으로 흘러들어가는 숨과 나오는 숨에 모든 것을 싣는다. 몸이 한 개 점이 될 때까지 나에게서 멀어진다. 그 점에서 다시 시작할 수 있을 것이다. 나는 아직 숨을 쉬고 있다. 멀리, 아득히 먼 곳에서 기차 소리가 들려온다. 전기드릴의 두둘거리는 소리에 내 몸이 흔들리는 것 같기도 하다. ❊

비수구미

목
단 요 강   위 에
앉는다. 어   디엔가 달
이 있는 모양이다. 하늘이 청잣
빛으로 환하다. 밤에도 구름
을 볼 수 있다는 것이 신기
하다. 비수구미를 처음 만
난 날 밤에도 오늘처럼 밤
하늘에 구름이 많았고 구름나무
흰 꽃이 만발했었다. 하늘에서 내려오자
면 맨 처음 만나게 될 것 같은 마을에서 비수구미는 살
고 있었다. 그날 비수구미에게로 가든 길은 신비롭고 아름다웠
다. 물길이 끝나면 산길이 나오고 산길이 끝나는 지점은 다시 물길로
이어졌다. 화천에서 갈아탄 버스는 파로호를 휘감은 흙길을 애벌레처럼
꼬물꼬물 달렸다. 파로호 속에는 또 하나의 봄 산이 있었고 호수는 찰랑
찰랑 비쳐 물결을 일으켜 그 산을 밀어주었다. 덜컹거리는 버스 때문인
지 꽃가루 때문인지 나는 하루 종일 혼곤했다. 해산령 터널을 지나 조
금 내려왔을 때 '비수구미 마을'이라는 푯말이 있었다. 그 지점에서
비수구미가 살고 있는 마을은 반대 방향이었다. 비, 수, 구, 미? 농
담 같고 주문 같은 그 이름을 나는 소리 내어 불러보았다. 신비
한 물어 만든 아홉 가지 아름다움이란 뜻이야. 명화어 귓속말을
했다. 화천   댐이 생기면서 파로호에 고립되어 오지가 된 마
으로 육지   안의 섬이라고 했다. 나에게는 그의 어머니가
살 고 있   는 그곳이 비수구미 같았다. 아니, 그의 어머

비수구미

꽃잎이 무한기호를 그리며 떨어진다. 하필 내 발등 위로 든다. 이한 장 꽃이파리를 이루는 물질의 양은 얼마나 될까. 계곡 쪽으로 한발을 내딛는다. 로퍼 위 꽃잎이 쌀쌀히 떨어져 나간다. 한 번도 함께했던 적이 없는 인연처럼. 비수구미 곁에서 나도 그렇게 떨어져나왔다. 구름나무 아래에서 걸음을 멈춘다. 바람이 야린 꽃자루를흔들어 꽃향기를 털어낸다.

"누구신가?"

느닷없는 사람 소리에 뒤돌아본다. 아랫마을 이장 집 여자다. 챙이 넓고 뒷목까지 가릴 수 있도록 꽃무늬 천이 늘어진 모자를 썼다.그런데도 여자의 얼굴은 나무껍질처럼 그을렸다. 다행히 나를 기억하지 못하는 눈치다. 당연하다. 지금의 내 모습에서 스물한 살 때의 나를 기억해내는 사람은 없을 것이다.

"저 집 보러 오셨어?"

집을 내놨구나. 나는 엉겁결에 거짓말을 한다. 네.

"풍광이야 세상에서 제일로 좋을 거다만, 마을하고 반 리 넘게 떨어졌는데……."

여자의 시선이 나의 위아래를 훑는다.

"젊은 사람이 안 무서울까 몰라."

나는 살짝 고개를 숙여 보이고 대문 쪽으로 발길을 옮긴다. 여자도 가던 길을 간다. 짊어진 배낭에서 삐져나온 아이 얼굴만 한 수리취 잎이 데면데면 나를 바라본다. 그때도 여자는 채취한 산나물을 등에 지고 있었다. 내가 마지막으로 이곳을 다녀간 날이었다. 그날도 나는 대문 안으로 들어서지 못했다. 구름나무에 몸을 숨기고 있다가 그냥 돌아섰다.

8년 전이었다. 늦은 가을이었다. 심한 일교차로 단풍이 유난히 곱게 물든 해라고 떠들던 해였다. 창연한 하늘과 가을 산이 사람 마음을 뒤흔들어도 근심이 있는 가슴에는 감동이 존재하지 않았다. 계절에 마음이 움직일 수 있다는 것은 그 안에 사랑이 있거나, 사랑할 준비가 되어 있기 때문일 것이다. 그 당시 나에게는 감동 없는 계절만 이어졌다.

푸른 고양이

비수구미의 집이 보이기 전부터 개 짖는 소리가 요란했다. 내 발자국 소리에 도꾸가 알은체를 한다고 생각했다. 잰걸음으로 돌담을 돌아 대문 가까이에 왔을 때였다. 개 짖는 소리에 사람 소리가 섞여 있었다. 비수구미였다.

"찢어진 입이라고 어디다 함부로 놀린다니. 내 아들, 내 며느리 어짜고 저짜고 입방아 찧는 년 주둥이 쪽쪽 찢어놓을라니. 내 아들, 우리 희야 가슴에 못 박는 년, 내 싹 다 죽여놓을라니. 퉤엣!"

비수구미는 침을 끌어 내뱉었다. 믿기지 않았다. 내가 아는 비수구미가 아니었다. 미친 것 같았다. 나는 구름나무 둥치로 몸을 가렸다. 이장 집 여자는 씨우적거리며 아랫마을 쪽으로 내려갔다.

"살다 살다 저런 독종 내 첨이라. 내가 뭔 말을 했다고 저 지랄이래. 내가 없는 소리 했는가. 명환이가 술집 여자랑 사는 거 동네 개도 안다. 자식 농사 그래 져봐라. 후회뿐이다."

두둑한 산나물 자루를 둘러맨 여자는 한 손으로 고무줄이 끊어진 몸뻬를 비틀어 쥐고 한 손으로는 손가락 빗질로 머리카락을 훑어 내렸다. 비수구미와 드잡이 싸움을 한 모양이었다. 가슴이 두근거렸다. 눈에 띄는 순간 미쳐버린 비수구미가 내 머리채를 낚아챌 것만 같았다. 비수구미가 마당에서 부엌으로 들어가자마자 나는 돌아섰다. 술집 여자, 내 며느리, 우리 희야. 나를 의미하는 말들이 분명했다. 그러나 나는 술집에서 일한 적도 없고 이름이 희야도 아니었다. 무엇보다 나는 그의 며느리였던 적이 없었다.

허리춤에 물줄기를 둘러멘 먼 산 위로 은회색 조각구름이 떠돈다. 나는 아직도 마당 안으로 들어서지 못하고 있다. 눈길로만 비수구미의 빈집 구석구석을 살핀다. 허물어진 돌담에 고인 얕은 흙에도 풀들이 자랐다. 빨랫줄은 잡풀에 닿을 만큼 늘어져 있다. 말라비틀어진 걸레 하나가 집게로 집혀 있다. 도꾸 없는 개집에는 어두운 적막이 채워져 있다. 치매나 시각장애와 같은 단어가 비수구미와 도무지 어울릴 수 없는 단어이듯 내 앞의 이 집 또한 내가 기억하고 늘 그리워했던 비수구미의 집과 도저히 같은 곳이라고 할 수 없다.

비수구미의 소식을 들은 것은 지난주 엄마의 장례식장에서였다.

조문 온 직장 동료들을 주차장까지 배웅하고 돌아올 때였다. 공동 로비가 비어 있었다. 특실 빈소에서 시작된 화환이 성벽처럼 에둘러져 잠시 몸을 숨기기에 맞춤했다. 나는 검은색 인조 가죽 소파에 곤죽이 된 몸을 던졌다. 성이 다른 동생들과 낯선 엄마의 시댁 사람들 속에 끼어 장례를 치르느라 첫날부터 고단했다. 소파에 고개를 젖히고 눈을 감았다. 눈을 감는 순간 엄마의 냉장된 시신이 섬광처럼 나타났다 사라지기를 반복했다. 죽은 엄마 육체에 여전히 살아 있는 부분도 있었다. 두 젖가슴의 볼륨감이었다. 성형 보형물 삽입 덕분에 염습을 하는 순간까지도 수은 방울처럼 탄력을 유지하

푸른 고양이

고 있었다.

"안녕하세요, 제수씨."

누구의 제수도 아니었지만 소리 나는 쪽으로 내 고개가 돌아갔다. 젊은 남자가 멋쩍게 웃고 있었다. 그 웃음 위로 명환의 얼굴이 겹쳐졌다. 명환의 친구였다.

"와, 긴가민가했는데 진짜 제수씨가 맞네. 완전 딴사람이긴 한데."

"여기는 어떻게."

나는 그의 말을 끊었다. '제수씨'라는 호칭이 거슬렸다. 그도 깨달았는지 "아, 네." 하고는 잠시 말을 잇지 않았다. 알은체를 하긴 했는데 그다음은 어떻게 해야 하는지 난감한 모양이었다.

"바로 옆이 친구 빈소거든요. 교통사고로 그만."

비명횡사한 젊은이에 대한 애도라든지 10여 년 만에 만난 지인에 대한 반가움 따위는 전혀 없었다. 공소시효를 코앞에 두고 덜미가 잡힌 범죄자의 기분이랄까. 애써 도망쳤는데 골목을 잘못 들어 다시 제자리에 도착한 심정이랄까. 과거로부터 조금도 벗어나지 못했다는 좌절감이 밀려왔다. 이렇게 우연으로 가장한 과거와의 조우가 계속하여 이어질지 모른다는 불길함에 휩싸였다. 명환과 만나고 헤어지기까지 1년 남짓 걸렸다. 그리고 8년이 흘렀다. 그것으로는 부족한 것일까. 그를 알아본 순간 명환과 함께 있을 때 느꼈던 절망감과 헤어진 이후 한동안 시달렸던 상실감이 고스란히 느껴졌다. 그러한 감정이 조금도 축나거나 변함이 없이 내 안에 온전하게 남아 있었다는 것이 신기했다.

"단희 씨 작품 읽었어요. 진짜 대단해요. 첫 장편소설이 영화로도 만들어지고. 영화도 흥행에 성공했지만 소설의 서정성과 디테일이 죽어 안타깝더라고요. 명환이도."

"명환 씨 어머니는요?"

나는 다시 그의 말을 잘랐다. 그러고는 결국 그렇게 물었다. 명환에 대해서는 그 무엇도 듣고 싶지 않았을 뿐만 아니라 오랫동안 품어왔던 질문이었다.

"어머니는 요양원에 계세요. 상태가 많이 안 좋으시거든요."

"네? 어디가……."

"당뇨 합병증으로 시력을 잃으셨고, 치매가 심하세요."

깍지 낀 두 손으로 힘이 쏠렸다.

"지지난 주 명환이가 찾아갔는데 이제는 아들도 못 알아보시더래요. 명환이는 오히려 마음 편하대요. 아무것도 모르는 게 어머니를 위해서도 낫고, 저도 지 일을 할 수 있다고. 명환이 결국 작년에 스튜어드 됐잖아요. 비행기 한 번 못 타본 촌놈이. 별을 딴 거죠. 레이캬비크에서 어제 카톡 보냈더라고요. 사실 단희 씨 만났을 때가 젤 힘들었을……."

그의 말이 더 이상 들리지 않았다. 몰래 버린 자식의 불행한 소식을 들었을 때 그런 느낌일까. 엄마의 장례식장에서 내 억장을 무너지게 하는 슬픔은 따로 있었다. 엄마의 시신이 불살라지는 순간에도 나는 비수구미를 생각하고 있었다.

마당 안으로 한 발을 내딛는다. 언제나 빗살무늬로 비질된 흙 마당이었다. 무성하게 자란 풀 때문에 마루까지의 거리가 꽤나 멀게 느껴진다. 반질반질했던 나무 마루에도 거무튀튀한 더께가 앉았다. 나는 마루 끝에 걸터앉는다. 이 마루에 누워 첩첩이 포개진 산들과 빛에 따라 색을 바꾸고 바람에 실려 모양을 바꾸는 구름을 바라보았다. 그러다가 잠이 들곤 했다. 나를 깨우는 건 늘 도꾸였다. 도꾸가 짖고 1, 2분쯤 후면 어김없이 비수구미가 나타났다. 저 문으로. 그는 늘 감자, 옥수수, 고구마가 수북이 담긴 소쿠리를 머리에 이고 있었다. 그것들을 장작불에 굽거나 돌솥에 삶는 내내 나는 비수구미 곁을 떠나지 않았다.

빨랫줄에서 걸레를 걷는다. 널빤지처럼 굳어 있다. 수돗가에 이르자 빨간색 플라스틱 함지에서 개구리가 튕겨져 나온다. 뒷걸음질을 칠 만큼 놀랐다. 비수구미가 숯불에 구워준 개구리 뒷다리가 생각난다. 8년 묵은 냄새와 맛의 기억만으로도 입안에 군침이 고인다. 물꼭지를 돌린다. 지하수가 쏟아진다. 나는 걸레를 빨기 시작한다.

이 샘물터에서 비수구미에게 등목을 해주곤 했었다. 싫다고 하면서도 뿌리치기는커녕 상의를 벗기는 내 손놀림에 맞춰 힘을 빼줬다. 비수구미의 속살은 보드라웠고 뽀얗다. 산을 헤매고 다녀서인지 팔과 등 근육이 꽤 딴딴했다. 할머니처럼 보인 것은 염색하지 않은 흰머리와 그을린 얼굴 때문이었다. 나는 미리 볕에 데워놓은 미지근한 물을 허리부터 조심스럽게 끼얹었다. 아무리 조심을 해도 몸뻬 허리춤을 적셨다. 비녀 대신 긴 머리핀으로 고정시킨 쪽찐 머리까지 젖게 만들었다. 비수구미의 젖은 머리카락에서는 옥수수 쉰내가 났다. 나는 손수건에 비누거품을 내어 등을 밀다가 비수구미의 가슴을 더듬곤 했다. 기다랗게 누워 새끼들에게 푹 퍼진 젖을 내주는 늙은 어미 개가 연상되어 자꾸 웃음이 났다.

"도꾸 젖 같아."

"에끼, 도꾸가 들으면 성낸다니."

늘컹한 젖가슴을 은근슬쩍 조몰락거려도 찡그린 듯 웃을 뿐 싫은 내색이 없었다. 나는 빨랫줄에서 종일 볕을 짱짱하게 먹은 수건을 걷어 손에 쥐여주었다. 비수구미는 그것을 도로 빨랫줄에 걸었다. 그러고는 마루에 놓여 있던 걸레뭉치처럼 보이는 것으로 아무렇게나 목과 얼굴을 문댔다. 그런 비수구미를 보니 엄마의 말이 떠올랐다. 여자의 품위는 욕실 안, 수건에서부터 시작하는 거야. 비수구미에게는 품위라든가 위생 관념 같은 개념 자체가 없는 것 같았다.

"더러워. 으, 품위 제로."

나는 구시렁거리며 다시 수건을 걷었다. 종일 볕을 먹어 따뜻했고 산바람을 쐬어 판지처럼 딱딱했다. 얼굴에 닿는 순간 해질 대로 해진 수건이 멸균 거즈처럼 물기를 빨아들였다. 처음 맡는 새물내였다. 엄마의 코마사 40수 수건에서 나는 섬유유연제 인공 향과는 차원이 달랐다. 얼굴을 수건에 묻고 깊게 숨을 들이마시는 나를 향해 비수구미가 방백처럼 혼잣말을 했다.

"걸레 갖고 뭐 하고 있다니."

"네?"

나는 얼굴을 묻고 있던 수건, 그러니까 걸레를 내팽개쳤다.

"뭐예요, 진짜. 미리 말을 했어야죠. 완전 짜증."

비수구미는 양동이만 한 돌 위에 빨래를 놓고 나무 방망이로 쳐대고 있었다. 선사시대 사람처럼 보였다. 나는 엉덩이로 비수구미를 밀어냈다. 물꼭지에서 나오는 샘물을 손으로 받아 얼굴을 박박 문질렀다.

"장난도 아니고. 완전 얼탱이 없어. 진짜 더러워."

나는 비수구미 들으라고 투덜거렸다.

"걸레로 닦는다고 희야가 더러워진다니."

사실 나는 궁벽한 산골 노인의 곰삭은 철학이 좋았다. 그 당시에는 누더기 옷을 걸치면 거지가 되고 왕좌에 앉으면 왕이 되는가, 정도로 이해했다. 시간이 지나면서 여러 번 비수구미의 그 말과 조우했다. 노자의 '피갈회옥(被褐懷玉)'을 읽으면서 그리고 "우리가 주목하는 것은 보이지 않는 것이니 보이는 것은 잠깐이요 보이지 않는 것은 영원함이라" 했던 바울의 말을 들으면서. 그래서 비수구미는 스물한 살의 나를 받아들일 수 있었던 것이다. 이장 집 여자의 말대로 마을 사람들은 나를 윤락하는 여자라고 수군댔다. 내 분홍색 머리카락과 찢어진 청바지 때문이었을 것이다. 더구나 올 때마다 아랫마을 가게에서 맥주와 소주, 그리고 담배를 샀었다.

샘물 터와 마루를 청소했을 뿐인데 온몸이 땀으로 젖었다. 손 바가지로 물을 받아 들이킨다. 여름에는 더 시원하고 겨울에는 덜 찬 샘물이 맛도 부드럽다. 물기를 머금은 마루에 드러눕는다. 8년 전 한 날 같다. 나는 늘 이렇게 누워 비수구미가 저 마당을 걸어서 나에게 와주기를 바랐다. 밤이 되면 비수구미의 무릎을 베고 누워 휴게소에서 산 호두과자 한 상자를 다 먹어치웠다. 비수구미 하나, 나 하나, 가끔씩 도꾸 하나. 언제나 별들이 총총한 밤이었다.

네 번째 이곳에 혼자서 왔을 때였다. 다섯 번째는 왔다가 그냥 돌아갔으니 그날이 비수구미와의 마지막 날이었다. 엄마의 세 번째 남편으로부터 전화를 받은 다음 날이었다. 엄마, 유방암이야. 그것도 말기. 그래도 단희가 맏이잖아. 친근감이 들지 않는 남자의 음성으로 전해 들어서인지 별 감흥이 없었다. 세 살배기인 나를 외할머니에게 맡기고 첫 번째 남편에게 간 엄마였다. 할머니는 나를 딸처럼 키웠다지만 나에게 할머니는 엄마가 될 수 없었다. 게다가 명환이 여자 선배와 동거를 시작했다는 소문을 들은 직후였다. 나도 아는 선배였다. 콧대를 심하게 높여 성형한 탓에 그녀의 얼굴 어딘가에는 늘 긴 코 그림자가 누워 있었다.

팔월 말이었다. 무성한 숲은 소금물에 살짝 넣었다 뺀 듯 풀이 죽고, 때 이른 가을 꽃들이 거우듬히 돌담을 기대고 피어 있었다. 늘 그렇듯 비수구미는 집에 없었다. 누렁개 도꾸만이 꼬리를 흔들며 끄응거렸다. 비수구미는 도꾸를 끔찍하게 여겼다. 만두든 빵이든 포장을 뜯자마자 3분의 1쯤을 떼어 고수레하듯 도꾸에게 던졌다. 도꾸와 비수구미는 닮은꼴이었다. 도꾸도 비수구미처럼 노쇠하였으나 시선이 깊었다. 그리 길지 않은 끈에 묶여 있었으나 무엇에도 매인 상태처럼 보이지 않았다. 나는 마루에, 도꾸는 마당에 모로 누워 비수구미를 기다렸다. 풀잎이 흔들리는 모습으로 바람을 보며 그날도 잠이 들어버렸다.

엄마의 웃음소리가 잠을 깨웠던 것 같다. 나는 새까만 물속에서 엄마를 향해 두 팔을 휘저었다. 엄마는 하늘을 향해 웃어재꼈다. 내 눈에는 엄마의 벌어진 입술만 보였다. 붉은 립스틱을 바르고 있었다. 손끝이 아렸다. 몸을 덮고 있는 목화솜 이불에서는 눅눅한 냄새가 풍겼다. 비수구미가 내 손가락을 명주실로 묶고 있었다. 내 손톱 위에 봉숭아 꽃물을 올려놓고 검정 비닐로 감싸는 비수구미 이마에 땀방울이 맺혀 있었다. 나는 자는 척했다. 문지방 아래에서 모기향 연기가 꼬물꼬물 천장을 향해 기어올랐다.

다음 날 새벽, 나는 고함을 질러댔다.

"아우, 뭐예요. 손톱에는 안 들고 살에만 들었잖아요."

"진짜 고운 건 시간이 지나봐야 안다니."

비수구미는 배시시 웃으며 상보를 걷었다. 꼭두새벽부터 닭백숙에 더덕부침에 갖가지 나물이 차려져 있었다. 나는 손가락에서 검정 비닐을 빼내 방바닥에 던졌다. 비수구미는 그것들을 주워 모으며 밥 먹으라니, 했다.

"이게 뭐냐구요. 김칫국물 묻은 것 같잖아요. 완전 짜증."

"김치 대신 손가락 쪽쪽 빨면 된다니."

"농담이 나와요? 남 손톱을 이 지경으로 만들어놓고. 진짜 미치겠어."

나는 가방을 둘러메고 집을 나와버렸다. 도구가 꼬리를 내리며 끄응거렸다. 밥은 먹고 가라니. 비수구미의 말이 아프게 내 등짝에 달라붙었다. 돌을볕에 동쪽 하늘 선이 벌겠다. 팔월인데도 새벽바람은 팔뚝에 소름이 돋을 만큼 찼다. 실은 무서웠다. 어둑새벽부터 나를 위해 닭을 잡고 나물을 무치고 더덕을 부친 비수구미가 두려웠다. 조건 없이, 값없이 그런 음식을 대접할 리가 없었다. 명환을 위해서가 분명했다. 이것 먹고 가서 내 아들 극진히 모셔라, 그런 저의가 깔린 것 같았다. 내가 오래전에 명환과 헤어진 것이 발각되는 순간 비수구미가 악마로 변할 것 같았다. 그리고 그 당시 스물한 살의 나는 늘 화가 난 상태였다.

보름쯤 지나자 손끝 살은 제 색을 찾고 손톱의 봉숭아 꽃물만 곱게 남아 있었다. 태어나 처음 봉숭아물을 들여본 거였다. 내 손가락을 보물인 듯 귀하게 만져주고 매끼 갓 지은 밥으로 상을 차려주는 사람은 비수구미가 처음이었다. 손톱에 봉숭아물이 반쯤 빠져나갔을 때 나는 다시 비수구미를 찾아갔다. 비수구미가 보고 싶었다. 모든 것을 털어놓고 싶었다. 명환과 상관없이 내가 비수구미를 찾아가듯 비수구미도 아들과는 별개로 나를 기다릴지 모른다는 막연한 기대감도 있었다. 두려웠고 설레었다. 나는 검정 단발머리를 하고 청바지 대신 치마를 입었다. 그날 이장 집 여자와의 다툼이 없었다면……, 나는 가끔씩 생각해보곤 했다.

마당의 풀을 뽑기 시작한다. 다 뽑을 수는 없다. 대문에서 토방까지 두 발을 디딜 만큼의 폭으로 길을 내면 될 것 같다. 어제 비가 내린 덕분에 흙이 포실하다. 쉽게 뿌리까지 뽑힌다. 손바닥 크기로 자란 쑥 말고는 이름을 알 수 없다. 비수구미는 나무, 꽃, 풀 모르는 이름이 없다. 그런 사람이 치매라니. 그런 사람이 사계절 꽃을 볼 수가 없다니. 풀을 잡아 뽑는 내 손등 위로 물방울이 떨어진다. 눈물인지 땀인지 구분이 어렵다. "요즘 음식을 거의 안 드신대요." 명환 친구의 말이 귓전을 맴돈다. 8년 전 비수구미는 모든 것이 정상 그 이상이었다. 앞으로 반백 년은 더 살 사람 같았고 죽어서도 앞산의 정령이 되어 영원히 이곳에 머무를 사람처럼 보였다.

"죽을 때가 됨 죽어야 한다니. 다 말라비틀어진 가죽 뭔 미련 있다고 자식들 죽어나게 수술이라. 곡기를 확 끊으면 그만인걸."

구순에 가까운 아랫마을 사람이 췌장암 수술을 받았다는 이야기를 듣고 비수구미가 내뱉은 말이었다. 비수구미라면 충분히 그럴 수 있는 사람이었다.

세 번째 혼자서 비수구미를 찾던 날이었다. 그 전날 엄마는 하이힐에 여행용 트렁크를 끌고 내 원룸으로 쳐들어왔다. 오피스텔 주소를 알리지 않았는데 어떻게 알고 찾아왔는지 모를 일이었다. 세 번째 남편과 다툰 모양이었다. 군기 빠진 남자와 사느니……. 인상 펴. 오래 있으래도 안 있거든. 그 와중에도 엄마의 말투에는 탄력이 있었다. 엄마는 욕실 안에서 270밀리미터 슬리퍼를 발견한 순간 부엌으로 달려갔다. 고기 뒤집개를 들고나와 죽은 쥐 처리하듯 명환이 신던 슬리퍼를 내다 버렸다. 너, 미련 있는 거니? 왜 아직도 안 버린 거야? 이런 원룸에 기생할 정도면 어떤 놈인지 뻔하다. 정신

차려, 제발. 네 스타일이 천박하니까 꼬이는 놈들도……. 엄마의 장광설을 무지르고 나는 원룸을 나와버렸다. 비수구미에게 가는 버스를 탔다. 버스 안에서 엄마로 향한 원망과 미움을 곱씹었다. 엄마가 행복해야 딸도 행복한 거라고? 나에게는 이기적이고 부끄러움을 모르는 엄마일 뿐이었다. 엄마의 불행한 모습을 봐야 내가 행복해질 수 있을 것 같았다.

나는 지칠 대로 지친 상태로 마당에 들어섰다. 마루에 상이 놓여 있었다. 꼬질꼬질한 상보에 살진 파리들이 달라붙어 있었다. 상보를 걷었다. 고추장에 버무린 생마늘, 붉은 기가 있는 단단한 풋고추, 양념하지 않은 까만 된장, 누렇게 갈변된 열무김치가 스테인리스 종지에 담겨 있었다. 먹다 만 밥이 말라비틀어져 있는 밥공기 위에 젓가락 한 쌍이 삐딱이 놓여 있었다. 명환과 왔던 때와 대조되었다. 초라하다 못해 비참할 정도였다. 명환과 함께 갔던 날은 반찬을 사기접시에 올렸다. 더덕도 가지도 감자도 능이도 모두 노랗게 계란 옷을 입고 있었다. 화초를 씹는 것 같아 한두 번 씹다가 뱉어버렸지만 이름 모르는 산나물들도 들기름 냄새를 풍기고 있었다.

"이게 뭐예요? 거지 밥상도 아니고."

자신을 홀대하는 비수구미에게 화가 났다.

"거지? 내 집 있고, 맘 편하고, 배부르고. 그게 거지라면 나는 거지가 좋다니."

"뭐래?" 나는 눈을 흘겼다.

"진짜 거지가 뭔지 안다니?"

"거지에도 짝퉁이 있어요?"

"지가 뭘 갖고 있는지 모르는 게 진짜 거지라니."

피. 나는 비웃음을 날렸다. 비수구미도 웃음을 던졌다. 정말 평안하고 부족한 것이 없는 얼굴이었다. 그날 밤 나는 비수구미에게 물었다.

"혼자 오니까 싫죠?"

비수구미는 단 한 번도 왜 혼자서 왔는지 묻지 않았다. 아들의 안부조차 물은 적이 없었다.

"싫어? 난 아들이 싫다니. 희야만 있음 된다니."

"거짓말. 다 알고 있죠? 하고 싶은 말, 진짜 없어요?"

"하고 싶은 말? 하고 싶은 말 다 함 못 사는 거라니."

비수구미가 하고 싶었던 말은 무엇이었을까. 아들에게 그리고 나에게 비수구미는 어떤 말을 하고 싶었던 것일까. 엄마는 하고 싶은 말을 다 해서 오래 살지 못한 것일까. 엄마에게 남자는 어떤 존재였을까. "남자에 따라 여자의 카트 안 내용물이 달라지는 거야. 찌질한 남자랑 살아봐. 평생 일 플러스 일 제품 앞에서 전전긍긍해야 된다니까. 그러기엔 인생이 너무 짧아." 엄마의 말처럼 엄마의 인생은 짧았다. 그러나 남자와의 다양한 사연은 길고도 절절했다. 오랜만에 만난 어린 딸 앞에서도 엄마는 스스럼없이 남자와 입맞춤을 해대며 깔깔거렸다.

갈게요. 대문에서 인사를 하면 비수구미는 대답 대신 킁, 코를 풀었다. 코 푼 손가락을 몸뻬에 닦으며 끙끙대는 도꾸를 향해 소리를 내질렀다. 시끄러, 새벽부터 뭔 지랄여. 나는 뒤도 돌아보지 않고 큰길까지 내려갔다. 어둑새벽 돌담에 한 손을 얹고 내가 사라질 때까지 바라보고 서 있는 비수구미를 보고 싶지 않았다. 보고 나면 그 모습이 며칠이고 눈에 밟혔다.

"그래그래. 옷 세탁 시 잘 보고 빠니라."

잘 도착했다는 전화를 하면 딱 그렇게 말하고 비수구미는 전화를 끊었다. 비수구미는 전날 신었던 내 양말 속이나 바지 호주머니 속에 고깃고깃한 천 원짜리 지폐 열 장, 어떨 땐 아홉 장을 넣어놓곤 했다. 돈뭉치에서는 몸을 운신할 때마다 풍기던 비수구미의 굼굼한 냄새가 났다. 나는 그 천 원짜리의 출처를 알고 있었다. 비수구미로 가던 중 화천 장에 들른 적이 있었다. 비수구미가 보자기 위에 산나물을 쌓아놓고 쭈그리고 앉아 있었다. 범죄 현장을 목격한 사람처럼 나는 그 자리에서 도망쳤다.

풀 그림자가 동쪽으로 드리워진다. 해가 기울기 시작한 것이다. 이 꽃 이름이 뭐였더라. 아, 금낭화. 가늘고 긴 줄기에 분홍색 꽃들이 앙증맞게 달려 있다. 비수구미는 이 꽃을 물김치 위에 띄워주었다. 나는 이 꽃을 '분홍 머리 소녀 합창단'이라고 불렀다. 분홍 단발머리를 양 갈래로 묶고 얼굴에 흰 분을 바른 소녀들이 나란히 서서 노래를 부르는 것처럼 보였기 때문이다. 무리 지어 핀 꽃을 남겨두고 풀을 뽑기 잘했다. 희고 노랗고 분홍색인 꽃다발들을 돌아 구불구불 작은 흙길이 되었다. 어느새 마당이 구름나무 그림자에게 품을 내어주었다.

두 번째로 혼자서 왔을 때였다. 지금처럼 서쪽에서 해가 비껴들고 있었다.

명환이 내 오피스텔에서 나간 다음 날이었다. 우리는 크게 싸웠다. 왜 싸웠는지 기억하지 못한다. 단지 서로에게 퍼붓던 욕설과 성난 명환의 얼굴이 생각날 뿐이다. 명환과 길게 갈 수 있다고 생각하지 않았다. 처음부터 내가 일방적으로 명환을 좋아했다. 비수구미에게 간 것도 계획된 것이 아니라 내가 고집스럽게 따라갔던 것이다. 그렇다고 명환이 그렇게 쉽게 떠나버릴 줄은 몰랐다. 명환이 떠난 다음 날 비수구미에게 갔던 이유에 대해서는 나도 잘 모른다. 어두워지자 명환이 없는 원룸에 들어가기 싫었다. 그것이 전부는 아니었다. 어쩌면 혼자 살아내는 법을 비수구미에게 배우고 싶었는지도 모른다. 스물한 살. 세상이 만만하게 보였고 겁나는 게 없었다. 단지 혼자서 맞닥뜨려야 하는 어두움이 싫었다.

"이런 곳에 혼자 살면 무섭지 않아요?"

"무서워? 사람과 엉키는 게 무섭지. 나뿐인 이 골짜구니가 뭐 무섭다니."

비수구미는 먼 하늘로 시선을 끌었다. 숯먹같이 새까만 앞산 위밤하늘엔 별빛이 찬연했다. 아랫마을에도 별들이 소풍 온 양 전깃불이 듬성듬성 박혀 있었다. 비수구미의 옅은 코골이가 들려왔다. 비수구미는 벽에 머리를 기대고 앉아 말을 하다 말고 선잠에 빠지곤 했다. 그런 비수구미의 모습은 풍화로 두루뭉술해진 돌미륵 같기도 하고 인간 모양의 나무 화석처럼 보이기도 했다.

동녘 하늘에 노을빛이 열푸름히 감돌기 시작했다. 서쪽을 가로막은 큰 산 너머엔 노을이 짙게 번져 있을 시간이다. 높이가 다른 산들이 친친 둘러싼 이곳은 노을도 해돋이도 볼 수 없는 곳이다. 늦게 해가 뜨고 빨리 졌다. 산꼭대기를 넘느라 열을 받아서인지 해는 아침부터 볕이 따가웠다. 해가 서쪽 산을 채 넘기도 전에 숲에 포진해있던 어둠이 마을을 향해 진격해왔다. 곧 어두워질 것이다. 방문을 연다. 벽에서 흙가루 떨어져 내리는 소리가 난다. 텅 빈 방 한쪽 구석에 목단요강이 오도카니 놓여 있다. 비수구미가 분명하다. 명환이라면 저걸 남겨놓을 리가 없다. 나는 요강을 들고 밖으로 나온다. 저무는 빛이 목단요강을 고요히 감싼다.

처음 혼자 왔을 때였다. 반지를 가지러 왔었다. 명환과 둘이 왔을 때 반지를 놓고 갔던 것이다. 엄마가 외할머니의 외할머니에게 물려받은 조선 시대 반지였다. 엄마는 그 반지를 딸보다 소중하게 여기는 것 같았다. 엄마 집에 갔다가 끼고 나왔다. 훔칠 생각은 없었다. 한번 껴본다고 하고는 깜박하고 엄마 집을 나와버렸다. 미칠 것 같아서 전화해봤어. 혹시 네가 그 반지 가져간 거 아니지? 나는 딱 잡아뗐다. 청소기에 빨려 들어갔나. 잃어버리면 안 되는 반지인데. 처음 듣는 엄마의 기죽은 목소리였다. 엄마가 전화를 끊자마자 명환을 통해 비수구미에게 전화했다. 잘 간수하고 있다고 했다. 택배도 모르는 비수구미였다. 직접 가지러 갈 수밖에 없었다.

비수구미는 내가 간다는 사실을 알고 있었다. 명환과 갔던 날과 거의 같은 음식을 비슷한 양으로 차려놓았다. 기껏해야 내 젓가락이 가는 것은 더덕구이와 닭백숙임을 알면서도 비수구미는 그렇게 음식을 준비해놓았다. 그땐 산 할머니 같은 명환의 어머니와 둘이서 밤을 지내리라고는 상상도 하지 못했다. 그런데 밥상을 뒤로하고 반지만 들고나올 수가 없었다. 비수구미가 설거지를 하는 동안 나는 마루에 누워 핸드폰에 저장된 노래를 듣고 있었다. 설거지를 마친 비수구미가 물이 뚝뚝 떨어지는 작은 항아리를 마루 위에 올려놓았다. 머리에 쓰고 있던 수건을 벗더니 쓱쓱 물기를 닦았다. 민속박물관에서나 볼 수 있는 청색 모란꽃이 그려진 백자기로 보였다.

"이거 조선 시대 백자 맞죠?"

"여기다 볼일 보라니."

"네? 여기다 오줌을?"

그날 밤 나는 여러 차례 목단요강에 앉아 별을 바라보았다. 내가 잠에서 깰 때마다 비수구미는 윗목에서 한 무릎을 세우고 앉아 있었다. 발뒤꿈치를 뭉그러진 손톱으로 긁으며 어둠뿐인 허공에 시선을 고정시켰다. 안 주무세요? 요강에 앉아 잘 나오지도 않는 오줌을 질금거리며 졸린 소리로 물었다. 비수구미의 대답은 늘 같았다. 자다가 지금 깼다니. 어서 누고 자라니. 다음 날 아침 나는 반지를 비수구미의 베개 위에 올려놓고 서울로 돌아왔다.

목단요강 위에 앉는다. 어디엔가 달이 있는 모양이다. 하늘이 청잣빛으로 환하다. 밤에도 구름을 볼 수 있다는 것이 신기하다. 비수구미를 처음 만난 날 밤에도 오늘처럼 밤하늘에 구름이 많았고 구름나무 흰 꽃이 만발했었다.

하늘에서 내려오자면 맨 처음 만나게 될 것 같은 마을에서 비수구미는 살고 있었다. 그날 비수구미에게로 가는 길은 신비롭고 아름다웠다. 물길이 끝나면 산길이 나오고 산길이 끝나는 지점은 다시 물길로 이어졌다. 화천에서 갈아탄 버스는 파로호를 휘감은 흙길을 애벌레처럼 꼬물꼬물 달렸다. 파로호 속에는 또 하나의 봄 산이 있었고 호수는 찰랑찰랑 비춰 물결을 일으켜 그 산을 덮어주었다. 덜컹거리는 버스 때문인지 꽃가루 때문인지 나는 하루 종일 혼곤했다.

해산령 터널을 지나 조금 내려왔을 때 '비수구미 마을'이라는 푯말이 있었다. 그 지점에서 비수구미가 살고 있는 마을은 반대 방향이었다. 비, 수, 구, 미? 농담 같고 주문 같은 그 이름을 나는 소리 내어 불러보았다. 신비한 물이 만든 아홉 가지 아름다움이란 뜻이야. 명환이 귓속말을 했다. 화천댐이 생기면서 파로호에 고립되어 오지가 된 마을로 육지 안의 섬이라고 했다. 나에게는 그의 어머니가 살고 있는 그곳이 비수구미 같았다. 아니, 그의 어머니 자체가 나에게 비수구미였다. 아무도 모르게 숨어들 수 있는 육지 안의 한 개 섬. 파로호라는 이국적이면서 목가적인 이름이 오랑캐를 격파했다는 의미인 것처럼 신비롭고 아름답게 보이는 것 이면에는 잔인함이 서려 있을 수 있음을 그때는 생각하지 못했다. 몽환적이던 그 길도 그날 이후부터는 숨어드는 자의 위태로운 길일 뿐이었다.

"엄마." 대문을 들어서자마자 명환은 엄마를 부르며 화장실로 달려갔다. 개가 짖어댔다. 나는 마당 한가운데에서 머쓱하게 서 있었다. 먹칠을 해놓은 액자 같은 부엌문에서 웬 노파가 불쑥 얼굴을 내밀었다. 노파는 나오다 말고 문지방에 한 발을 올려놓은 채 한 손으로 문설주를 잡고 멈추어 섰다. 눈썹 위에서 손차양을 만들었으면서도 역광으로 서 있는 나를 바라보느라 얼굴을 찡그렸다.

"안녕하세요, 할머니."

명환이 할머니 얘기는 빠뜨렸다고 생각했다. 노파는 웃는 것 같기도 하고 찡그리는 것 같기도 한 표정을 지어 보였다. 부엌에서 나온 노파는 내 쪽이 아니라 개 쪽으로 걸어갔다. 머리를 덮고 있던 해진 수건을 걷어 몸뻬 자락을 탁탁 쳤다. 헝클어진 흰 머리카락이 햇살을 받아 은빛으로 날렸다.

"시끄러, 임 새끼. 제 주인도 못 알아본다니?"

화장실에서 나온 명환이 엄마, 배고파. 앳된 소리를 했다. 엄마? 나는 손바닥으로 벌어진 입을 가렸다. 외할머니보다 나이가 많아 보이는 사람이 엄마라니. 큭. 나는 코 푸는 흉내를 내며 웃음을 삼켰다.

"엄마 지금 비단 고르려다가 삼베 골라 왔구나, 뭐 그런 생각 하고 있지?"

"네가 삼베라니."

아들을 똑바로 쳐다보지도 않는 비수구미가 꾸짖듯 아들을 쏘아보며 말했다.

"엄마. 얘 별에서 온 애야. 그래서 머리가 이렇게 뻘게."

"너는 통기레쓰에서 나와 그렇게 머리가 시꺼멓고?"

통기레쓰, 쓰레기통? 명환에게서 박장대소가 터졌다. 대박. 나는 비수구미를 향해 엄지를 세웠다. 비수구미가 무표정한 얼굴로 다시 고개를 돌렸다. 사선으로 비낀 허공 어디쯤에 시선을 매달고는 못생긴 감자 같은 손으로 방바닥에 껌딱지처럼 들러붙은 무엇인가를 계속 긁적거렸다. 열 개의 손톱 끝이 하나같이 새까맣게 뭉그러져 있었다. 전철 안에서 캐스팅을 받을 만큼 수려한 외모를 가진 명환이었다. 엄마와 아들 사이라 하기엔 결이 다른 두 사람이었다. 그날 밤 명환과 나는 섹스를 했다. 흙벽 너머에 비수구미가 있었다. 우리는 그녀가 자고 있든 깨어 있든 상관하지 않았다. 어쩌면 엄마 표현대로 그 당시 내 뇌관에는 썩은 피가 고여 있었는지도 모른다. 세상이 나를 중심으로 돌아가야 한다고 믿었다. 다음 날 우리는 서울로 돌아왔다. 명환은 고시원에서 내 원룸으로 거처를 옮겼다.

목단요강을 자동차 조수석에 놓는다. 내려오는 내내 품었던 가슴께에 땀이 고였다. 하늘이 훤하게 밝아오고 있지만 산길은 아직 어둑하다. 발을 삐끗하거나 정강이까지 자란 풀에 걸려 넘어질까 봐 너무 힘을 주었다. 시동을 켠다. 서울 방향으로 가면 소풍요양원을 지나칠 것이다. 나는 양양 쪽으로 핸들을 꺾는다. 명환의 친구에게 비수구미가 있는 곳을 물어본 것은 꼭 가보겠다는 의미가 아니었다. 그냥 형식적인 대화의 수순에 맞는 자연스러운 질문이었다. 요즘엔 거의 음식을 안 드신대요. 그의 말이 증발되지 않은 귓속 물처럼 나를 성가시게 했다. 엄마의 삼우제인 어제 양양을 향해 달리던 나는 결국 소풍요양원으로 방향을 틀었다.

비수구미의 병실은 202호였다. 5인실에 환자는 셋밖에 없었다. 쪽찐 머리를 찾았다. 세 사람 모두 흰 머리 짧은 커트였다. 꼭뒤에 머리를 틀어 올려 긴 헤어핀으로 고정시킨 비수구미는 없었다. 하나같이 요양원 로고가 프린트된 환자복을 입고 한 팔은 이불 위로 내놓은 채 모로 누워 있었다. 동시에 제작된 마네킹처럼 보였다. 벽에 머리를 대고 잠들었던 상아색 제복을 입은 간병인이 엉겁결에 깨어 누구세요, 물었다. 그 순간 나는 비수구미를 발견했다. 그 반지를 끼고 있었다. 은가락지에 자개 공예로 별과 나무를 장식한 반지. 찾으러 갔다가 비수구미의 베개 위에 놓고 온 그 반지였다.

"누구신가, 그 할머니 사람 못 알아보는데."

간병인이 건네는 말에 나는 대꾸도 없이 비수구미에게로 다가갔다. 비수구미의 심하게 말라비틀어진 얼굴에 잔뿌리 같은 주름이 가득했다. 은결든 몸은 살짝만 건드려도 바스러질 것만 같았다. 사망 직후의 엄마 모습이 떠올랐다. 몸속에 피와 살을 빨아먹는 해면이 들어 있는 것만 같았다. 더 이상 빨아낼 것이 없을 때 해면은 엄마의 영혼과 함께 몸 밖으로 빠져나갔다. 나는 비수구미의 반지 낀 손을 잡았다. 따뜻했다. 손가락 마디마디 옹이 박인 손이 예전과 다를 것이 없었다. 잠을 깬 것이지 잠을 자고 있지 않았던 것인지 내 손이 닿자 비수구미의 몸이 움찔했다.

"할머니, 손님 왔어. 안 보여도 고개라도 돌려보셔."

간병인이 크게 내지른 말에도 비수구미는 꿈적하지 않았다.

"통 자시지를 않응께 기운이 읇지."

간병인이 나에게 의자를 끌어다 주며 혼잣소리처럼 말했다. 나는 바깥으로 나온 비수구미 맨발을 두 손으로 감쌌다. 발뒤꿈치가 가뭄으로 엉그름이 간 논바닥 같았다. 비수구미는 발을 이불 속으로 끌어들였다.

"그 할마씨, 원래가 양말을 안 신으셔."

나는 반지를 낀 손을 두 손으로 감쌌다. 나무깽이 같은 손목 위로 내 눈물방울이 떨어질 때마다 비수구미는 손가락을 움찔거렸다. 비수구미가 눈을 떴다. 내 쪽을 향해 고개를 틀었다. 두 눈동자에 달걀 알끈 같은 이물질이 끼어 있었다. 정말로 시력을 잃은 눈 같았다. 갑자기 비수구미가 손을 매몰차게 빼갔다. 자신의 손가락에서 반지를 뺐다. 내 손을 끌어당겼다. 손바닥에 반지를 넣더니 손가락을 오므라뜨렸다. 그러고는 몸을 모로 틀었다. 나를 알아본 것이 분명했다. 시력을 완전히 잃고 아들도 못 알아볼 만큼 치매가 심하다고 했다. 그런데 8년 만인 나를 알아보았다. 마치 주인을 기다렸다는 듯 반지를 건넸다. 눈물이 걷잡을 수 없이 복받쳤다. 비수구미는 내가 아무리 울어도, 그의 몸을 흔들어도 반응을 보이지 않았다. 마

푸른 고양이

취주사에 심장이 찔린 짐승처럼 축 늘어져 있을 뿐이었다.

요양원 주차장에서 시동을 걸고 브레이크에서 발을 뗄 때였다. 무심결에 나의 시선이 병동으로 향했다. 비수구미였다. 2층 병실 안 들어열개 창문을 열고 나를 내려다보고 있었다. 우리가 처음 만난 그날처럼 한 손으로는 창틀을 잡고 한 손으로는 이마에 손차양을 만들고 있었다. 창가에 서 있는 비수구미를 향해 햇살이 쏟아졌다. 비수구미의 몸이 유리 기둥처럼 빛을 반사했다. 눈이 시렸다. 나는 룸미러를 꺾고 요양원을 빠져나왔다. 앙 문 어금니 사이로 신물이 스몄다.

시야가 닿는 곳은 온통 아침노을로 물들었다. 파로호도 상기된 얼굴로 긴 숨을 내뱉듯 물안개를 뿜어내고 있다. 자동차에서 나와 자갈밭으로 내려갔다. 새 한 마리가 물안개 속에서 날솟는다. 미끄러지듯 물 위를 날다가 물속으로 자맥질해 들어간다. 나 죽거든 묻거나 유골함 같은 데 넣지 마. 그냥 나무 상자에 넣어 바다에 띄워 줘. 태평양에서 대서양을 돌아 지중해로 소풍 갈 거야. 마지막 바람도 비현실적이었기 때문에 엄마의 유언은 효력을 발생시킬 수 없었다. 대신 태평양이 보이는 나무 아래 묻었다. 자식을 위해 서둘러 소풍 마칠 채비를 하고 있는 비수구미도 유언을 남길까.

새 한 마리가 요란한 소리를 내며 한쪽 날개를 펼쳐 든다. 배가 하얗고 머리와 목에 흰 끈을 두른 주먹만 한 새다. 외상을 입었는지 자갈 위를 절뚝거리며 도망친다. 새가 있던 자갈 사이에 새알 네 개가 놓여 있다. 하마터면 밟을 뻔했다. 쪼그리고 앉아 새알을 향해 한 손을 내미는 순간 어미 새가 비명처럼 호루라기 소리를 내며 솟아오른다. 그제야 내 시선을 알에서부터 떼어내기 위한 어미 새의 할리우드 액션임을 깨닫는다. 웃어도 찡그리는 것 같고 찡그려도 웃는 것 같은 비수구미의 얼굴이 떠오른다. 끝까지 씩씩한 척했던 엄마의 안간힘도 할리우드 액션이었을까. 웃음이 난다. 내 발등 위에 잠시 머물렀던 꽃이파리 한 장의 질량이 어쩌면 이 웃음의 무게와 같을지도 모르겠다. 나는 조심스럽게 일어난다. 아침햇살을 등으로 받으며 자동차 쪽으로 향한다. ✽

푸른 고양이

그
날밤, 형   광등
이 모두 소   등된 상
태였다. 실험기구들이 내뿜는 미
세한 빛알만 군데군데 떠 있
었다. 남우가 창 쪽으로 걸
어갔다. 창틀 안에 보름
달이 박혀 있었다. 이상하게
도 달빛이 푸른색이었다. 남우가
그 묘한 달빛을 받으며 캐비닛 문을 열었
다. 무엇인가를 꺼냈다. 두 팔을 뻗어 그것을 들어 올렸
다. 〈라이온 킹〉에서 개코원숭이가 갓 태어난 심바를 새로운 후
계자로 선언한 때의 장면이 떠올랐다. 처음에는 허공에서 꿈틀거리
고 있는그 미확인 물체가 신생아인 줄 알았다. 그러나 다음 순간 그것이
1004번임을 알아봤다. 그제야 남우에게 섞여 내 후각을 괴롭혔던 정체
가 천사임을 깨달았다. 천사에게는 나만이 느낄 수 있는 특유한 냄새가
있다. 천사가 죽었다고 믿었기 때문에 상상조차 하지 못했던 것 같다.
그날 처음으로 천사의 몸에서 발하는 푸른빛을 볼 수 있었다. 러시
안블루 천사가 검회색의 짧은 털을 가졌을 뿐이라 늘 의아하게 생
각했었다. 남우가 천사를 캐비닛 안에서 키우는 것은 아니었다.
캐비닛 안에   서 천사의 냄새가 난 것은 서너 번뿐이었다. 추정
컨대 집에   서 기르면서 실험을 위해 특별한 기구가 필요할
때만 몰래   대려오는 것 같았다. 나는 캐비닛 문을 열기 위
해 별짓을   다 했다. 그러나 끝내 성공하지 못했다. 남우

푸른 고양이

남자가 양팔로 캐비닛을 끌어안는다. 흡, 들숨과 함께 허리를 젖혀보지만 캐비닛은 꿈적하지 않는다. 그는 캐비닛 두 손잡이를 양손으로 쥐고 사납게 흔든다. 작업화를 신은 발로 캐비닛을 차댄다. 해볼 만큼 해본 후 포기할 수밖에 없을 때 흔히들 하는 해코지다. 나는 상체를 완전히 낮춘다. 몰래 지켜보고 있다는 것이 발각되는 순간 남자의 폭력성이 나를 향할 것만 같다. 다른 대학원생들은 퇴근을 했거나 저녁밥을 먹으러 나갔다. 백 평 가까운 실험실이다. 구석진 책상에 엎드려 있는 내가 그의 눈에 띌 리 없다.

"여보세요. 네, 교수님. 꿈적도 안 해요. 드릴로 박살을 내든가 해야지."

드릴로 박살을? 떨고 있던 내 한쪽 다리에 힘이 실린다.

"리모델링 공사는 모레 시작이잖아요. 혼자서는 도저히 안 되겠고요, 사람 하나 써서 내일 아침 처리하겠습니다."

드디어 내일 아침이다. 시간이 얼마 남지 않았다. 남우가 이 사실을 알기 전 거래를 끝내야 한다. 남우는 어제부터 실험실에 모습을 보이지 않고 있다. 전화기도 꺼놓았다. 남우를 찾아야 한다.

"뻔하죠. 십수 년 저렇게 처박아뒀다는데 중요한 게 뭐 들어 있겠어요. 행정실에서도 괜찮다고 했습니다. 네, 네. 아닙니다. 사람이 있긴 한데요……."

남자가 문 쪽으로 걸어가면서 흘낏 나를 향해 시선을 던졌다 거둔다.

"그래도 되겠습니까? 통째로 폐기처분하면야 엄청 수월해지죠."

통째로? 고함을 지를 뻔했다. 안 된다. 어떻게 여기까지 왔는데. 교수는 내일 아침 비행기로 미국 학회에 간다. 교수는 아니더라도 대학원생 모두가 보는 앞에서 캐비닛이 열린다는 조건이어야 한다. 남자의 실험실 문 닫는 소리에 내 다리 떨기가 멈췄다. 남자는 사라졌지만 그의 체취는 여전히 나의 후각을 자극한다. 그는 여기 오기 직전 저녁 식사를 했다. 제육볶음이 나오는 청국장집에서 소주 한잔 걸쳤을 확률 90퍼센트다. 어쨌든 곧 식사를 마친 학생들이 들이닥칠 것이다. 대책을 강구해야 한다.

캐비닛 손잡이가 성난 염소 뿔같이 삐딱해졌다. 천사가 얼마나 놀랐을까. 녹갈색 캐비닛에 코끝을 댄다. 흡흡 에이 칙. 재채기 연거푸 세 번. 다시 문틈에 코를 갖다 댄다.

"처언, 헤헤 에취!"

나는 줄재채기를 하며 캐비닛에서 한 발 물러난다. 천사가 없다. 믿을 수가 없다. 오늘 아침까지도 분명히 천사의 날숨이 내 콧속을 간질였었다. 소름이 돋는다. 남우가 다녀간 거다. 나의 접근을 차단하기 위해 자작나무 꽃가루까지 뿌려놨다. 내가 자작나무 꽃가루 알레르기가 있다는 것을 어떻게 알았으며 4월에 피는 꽃을 어디서 구했을까. 그건 그렇다 치고. 언제, 어떻게 천사를 빼돌린 것일까. 어젯밤부터 나는 실험실을 떠나지 않았다. 잠깐씩 화장실에 다녀온 것이 전부다. 뒤통수 맞은 이 기분. 나는 이마로 캐비닛을 찧는다. 캐비닛 철판 구겨지는 소리가 정적을 찢는다. 유령 같은 녀석. 아니이 정도면 귀신이다.

"뭐 하는 거예요, 지금?"

내 등짝을 후려치는 저 신경질적인 쉿소리. 옆 실험실 석사과정 3학기 정다혜다. 남우에게 꽂힌 여학생 중 하나다. 남우를 찾아온 게 분명하다. 남우가 어제부터 전화기를 꺼놓고 사라졌으니 애가 타겠지. 나는 못 들은 척 캐비닛 주변에서 뭔가를 찾는 척한다.

"염화칼륨 시약 통 못 봤어요?"

염화칼륨? 하여간 엉뚱 생뚱. 그걸 왜 여기서, 헤헤 에이치.

"뚝배기 깨고 있어 정말. 개짜증."

슬리퍼 끄는 소리가 옆 실험실로 사라진다. 사람들은 남우에게 친절하다. 특히 여학생들의 과잉 친절은 눈꼴시어 못 볼 지경이다. 의사자격증 소지자에 교수 임용이 내정된 상태니 그럴 수밖에. 캐비닛 문이 열리고 남우의 위선과 양면성이 폭로되는 순간 저들의 태도가 어떻게 달라질지 보고 싶은 마음 굴뚝같다. 하지만 내 인생 절체절명의 위기에서 찾아온 기회를 놓칠 수는 없다.

남우의 책상 위는 빈틈이 없다. A4 용지에 출력한 논문, 실험 결과물들이 널브러져 있다. 손글씨 메모가 빼곡한 포스트잇 낱장들을 책꽂이 책등에까지 붙여놓았다. 모든 게 폐암과 관련된 것들이다. 더구나 남우는 모든 연구 데이터가 저장된 노트북을 열어놓았다. 뇌의 한 부분을 떼어놓고 사라진 것과 같다. 이런 남우가 아니었다. 모든 것에 질서정연하고 철두철미하여 정나미가 떨어질 정도였다. 도대체 어제오늘 남우에게 무슨 일이 생긴 것일까. 이성적 유추와 논리적 추리를 통합해보아도 감이 안 잡힌다.

남우의 책상 서랍을 연다. 13년 전 신문을 꺼낸다. 어제는 가슴이 두근거려 제대로 읽지 못했다. 남우에 관한 기사와 사진이 실려 있는 면을 펼친다. 남우 아버지가 아들을 바라보며 윗니가 다 드러나게 웃고 있다. 전 과목에서 1등급을 받았다. 장학금 때문에 국립대 대신 사립대 의대에 진학하게 되었다. IMF 때 아버지가 운영하던 공장의 문을 닫았다. 사교육은 한 번도 받아본 적이 없다. 잠은 충분히 잤다. 공부가 쉽지는 않지만 몰랐던 것을 알게 되는 순간의 즐거움을 좋아한다. 의대 진학 후 무슨 과를 전공할 계획이냐는 기자의 질문에 남우는 아직 생각해보지 않았다고 한다. 나는 신문을 접어 원래대로 두고 서랍을 닫는다.

같은 해 나는 기계공학과를 지원했다. 의대에는 원서도 넣어보지 못했다. 5등이라는 성적이 문제였다. 조금만 노력하면 의대에 갈 수 있다고 부모님, 선생님, 나 모두를 속였다. 까무러칠 만큼 했어도 딱 한 번 2등을 했을 뿐 상위 0.3퍼센트와는 늘 먼 거리를 유지했다. 제대 후 5등은 또다시 나를 생명공학과로 편입학하게 만들었다. 의학전문대학원 진학에 유리했기 때문이다. 세 번의 의학전문대학원 시험에 응시했지만 떨어졌다. 그제야 5등이라는 성적이 내 인생에게는 기만적이고 가혹한 굴레임을 깨달았다. 나는 도망치듯 이 대학원에 진학했다.

의학전문대학원은 2005년 전국에서 세 개의 대학교에서 시작되었다. 과열된 대학입시 경쟁을 완화시키고 기초 의학자 양성을 증진시킨다는 등등의 목표로 시작됐다. 미국처럼 일반학부 졸업생에게도 의사가 될 수 있는 길이 생긴 것이다. 이후 41개 의과대학 중 27개 대학들이 의학전문대학으로 전환했다. 그러나 많은 논란 끝에 현재는 세 곳만이 의학전문대학원으로 남고 나머지는 모두 원래의

6년제 의과대학으로 회귀했다. 결과적으로 의전원 경쟁률이 더욱 치열해졌다. 3전 4수의 맹랑한 꿈을 포기하고 내가 이 실험실로 들어온 것은 학위를 위해서가 아니었다. 아버지 병원을 가업으로 이어야 한다는 부모의 불굴의 신념에서 벗어나고 싶었다.

남우의 노트북을 켠다. 모니터 가득 하이브레인넷 화면이 올라온다. 남우는 어제 새벽 이 글을 올려놓고 실험실에서 사라졌다. 컴퓨터를 닫지도 않은 채. 2개월 전 캐비닛의 비밀을 처음 알게 됐을 때 나는 이 컴퓨터 비밀번호를 풀기 위해 별짓을 다 했다. 헛수고였다. 그런데 노트북을 챙기기는커녕 이렇게 비밀번호까지 풀어놓고 사라졌다. 내가 열어볼 것을 알고 일부러 던져놓은 미끼거나 함정이 아닌지 의심이 들 정도다. 남우의 행동은 언제나 예측이 어려웠다. 순진한가 하면 영악했고, 교활한가 싶으면 한없이 단순했다. 혼란스러웠다. 어제 내 컴퓨터에서 이 글을 발견했을 때 나는 내 눈을 의심했다. 열 번도 더 읽었다. 읽을 때마다 등골이 오싹거렸다. 작성 시간은 어제 새벽 02시 55분.

실험이 뜻대로 되지 않아 고민이십니까. 머리 좋은 연구 노동자 한 명 구입하세요. 24시간 풀가동에 최저보다 저렴한 임금으로 가능합니다. 기초의학 전공자 유인 선전에도 이용 가능합니다. 이 특별한 기회, 놓치지 마세요!

의대생들을 위한 사족 하나.

돈을 위해 임상의사만 고집하지 말고 인류와 사회에 큰 유익이 되는 기초의학자가 되어달라는 이사장의 말에 귀가 솔깃해진 분은 없습니까? 속지 마세요. 대책 없고 무책임한 발설입니다. 기초의학 하다가 기초생활수급자가 될 수 있습니다. 임상의사가 되는 것만이 10년 이상 죽기 살기로 공부한 것에 대한 보상을 받을 수 있습니다. 나와 내 가족의 안녕을 책임질 수 있는 확실한 방법은 오직 임상의사가 되는 것뿐입니다. 실험용 고양이가 되고 싶지 않다면 오직 임상, 잊지 마시길.

하이브레인넷에 이런 글을 올린다는 건 파국을 자초하는 짓이다. 예정된 교수 피임용을 포기하겠다는 선포다. 내년 2월 대학원 졸업과 동시에 남우는 기초의학 교수로 임용된다. 우수한 의학도인 남우가 환자를 보는 임상의사가 아니라 기초의학을 연구하는 기초의학자가 되기로 결정하는 순간부터 예정된 일이었다. 그런데 저런 글을 올린 후 사라졌다. 도무지 이해할 수가 없다. 이것 또한 캐비닛 비밀과 맞먹을 정도로 치명적이다. 교수가 읽기 전 삭제하게 만들어야 한다. 그런 후 캐비닛과 천사의 비밀을 묶어 남우와 타협을 해야 한다. 이 밤이 지나기 전에. 캐비닛이 통째로 옮겨지기 전에.

남우는 집에 있을 확률이 높다. 남우는 실험실 이외의 시간을 불치병을 앓고 있는 아버지와 보낸다. 스마트폰 전원을 꺼놓았기 때문에 나는 어제부터 남우네 집 전화로 줄기차게 전화를 걸었다. 받지 않았다. 딱 한 번 수화기가 들렸던 것 같긴 한데 통화가 된 건 아니었다. 오늘 점심시간이었다. 기대도 하지 않고 습관처럼 통화버튼을 누른 거였다. 그런데 신호음이 끊겼다. 여, 여보세요? 너무 놀라 나는 말까지 더듬었다. 응답이 없었다. 남우네 집이죠, 하는데 전화기가 무엇인가에 부딪히는 소리가 났다. 뭔가 깨지는 소리와 함께 비명에 가까운 괴성이 들렸다. 나는 스마트폰을 집어 던졌다. 손가락으로 양쪽 귀를 털어냈다. 상대편에 포진한 불길한 무엇인가가 전화기를 타고 내 안으로 파고든 것만 같았다. 정신을 가다듬고 다시 전화했다. 통화연결 신호는 가는데 안 받았다. 3, 4분 전이 환청이 아니었나 의심이 들었다. 남우네 집으로 가보는 것만 남았다. 대학원생 주소록 파일에 주소가 있긴 한데 이사를 갔을 수도 있다. 하지만 달리 해볼 수 있는 게 없다. 천사를 빼돌렸으니 오늘 밤 남우가 실험실로 올 확률은 희박해졌다. 지체할 시간이 없다.

축축한 낙엽이 주차장 구석구석에 뭉텅이져 있다. 그 안에 고여 있는 냄새가 내 후감을 자극한다. 담뱃불을 붙인다. 거의 2개월째 남우에게 열중해왔다. 사람에게 온 정신을 빼앗긴다는 것이 이렇게 심신의 에너지를 소진하는 것인 줄 몰랐다. 1년 넘게 끊었던 담배까지 다시 피우기 시작했다. 담배를 깊게 빨아들인다. 이틀 후 공사

푸른 고양이

시작이다. 적어도 오늘쯤은 남우와의 거래가 성사되거나 그동안 은 폐됐던 남우의 교활한 이중성과 탁월한 지적 능력의 오남용 폐해가 폭로될 줄 알았다. 전자라면 남우는 무탈하게 위기를 모면하고, 나는 이 분야에서의 입지를 확고하게 다질 수 있게 된다. 후자라면 남우는 불명예스럽게 이 실험실을 떠나게 될 것이다. 물론 나 또한 다른 길을 찾아 떠날 확률이 높다. 그런데 교수가 없는 내일로 연기된 것으로도 부족해 캐비닛이 통째로 사라지게 되었다. 게다가 남우는 그런 글을 남기고 사라졌다. 거북이가 막판 스퍼트를 내는 상황에서 잠자던 토끼가 깨어나는 꼴이 된 것 같아 속이 타들어 간다.

나이가 같아 첫날부터 말을 트고 지냈지 나는 남우를 친구라고 생각해본 적이 없다. 우리는 출발점부터 달랐다. 내가 석사 과정 학생으로 이 실험실에 왔을 때 남우는 이미 박사 과정 4학기째였다. 군의관으로 군 복무까지 마친 상태였다. 현재 남우의 박사논문이 『사이언스』에 심사 중이다. 제1저자인 남우가 나를 공동저자 중 한 명으로 끼워주긴 했지만 그것으로 석사논문이 될 수 있을지는 아직 모른다. 시간이 흐르면서 그 출발점은 단순한 물리적인 시간의 개념이 아니라는 것을 깨달았다. 창조되기 이전부터 근본적으로 다른 그 무엇이 있는 것만 같았다. 제논의 역설에 등장하는 아킬레스와 거북이처럼 남우와 나는 종 자체가 다른 것처럼 느껴졌다.

호출한 택시가 후문에서 나를 기다리고 있다. 걸음을 재우친다.

썩은 나뭇잎 그리고 그것들에 달라붙은 채 죽어가고 있는 벌레 냄새가 두통을 유발한다. 오늘처럼 안개와 미세먼지가 겹치는 날이면 나는 거의 초주검이 된다. 택시 문을 열자마자 방향제가 내 신경계를 자극한다.

"독산동요."

속까지 메슥거린다. 나는 창문을 약간 내린다. 고개를 젖히고 눈을 감는다.

후각에 있어서 초능력에 가깝지만 만성 알레르기성 비염에 시달리는 아들을 끌고 엄마는 내로라하는 병원들을 찾아다녔다. 한방과 양방을 가리지 않았다. 고3 때였다. 내시경을 코 깊숙이 넣었다 빼며 의사가 말했다.

"별 이상은 없어. 좀 예민한 데다가 고삼이라 증상이 좀 심해진 것 같애. 지난번 검사 결과 들었지? 후각 상피세포의 표면적이 이렇게 넓은 사람 처음 봤다니까. 그러니 후각 능력이 끝내주는 거야."

의사의 입냄새가 심했다. 점심식사로 레어 스테이크와 시저 샐러드를 먹은 후 프로폴리스 성분이 든 구강청결제로 대충 입안을 헹군 것 같았다. 미오글로빈의 누린내, 멸치의 고린내가 프로폴리스 특유의 시큼달큰한 냄새와 섞여 끔찍했다. 어서 진료실을 벗어나고 싶다는 생각밖에 없었다.

"전공은 정했어? 타고난 이 후각 능력을 활용할 수 있는 진로를 선택하면 진짜 끝내주겠다."

의사는 역한 입구린내를 풍기며 매력적인 직업들을 소개했다.

"미각은 후각에 상당히 의존적인 거 알지? 소믈리에 하면 아주 유리하겠어. 파티시에도 괜찮고. 초콜릿 좋아하지? 쇼콜라티에도 좋겠네. 글라디쉐도 좋고."

엄마의 얼굴 살이 턱 쪽으로 쏠리고 눈에는 핏발이 뻗쳤다. 신경이 몇 가닥 끊어진 것 같은 얼굴이었다.

"직업 상담하러 온 거 아니거든요?" 엄마는 의사가 내뱉는 단어들이 전염성 병원균이라도 되는 듯 나를 끌고 진료실에서 나와버렸다. 병원 문을 나오면서 내 등을 두드렸다.

"의대에만 합격하면 끝이야. 우리, 조금만 더 열심히 하자. 응?"

그날 이후 엄마는 나를 더 이상 병원으로 끌고 다니지 않았다. 뿐만 아니라 조리대 근처에도 얼씬거리지 못하게 했다. 어린이 요리교실까지 다니게 했던 엄마였다.

한동안 그 의사가 나열했던 직업들을 인터넷으로 검색하며 소일한 적이 있었다. 남우가 공동저자로 내 이름을 넣어주기 전이었다. 아무 요리학교나 골라 도피성 유학을 떠날 계획이었다. 후각과 미각이 서로 의존적이라는 의사의 말이 맞는 것 같았다. 밤새도록 검색해도 지치지 않았다. 나는 반죽을 떨어뜨렸을 때 바닥에 있던 밀가루가 날리는 양과 형태만으로도 도우(dough)인지 페이스트(paste)

인지, 발효가 된 건지 막 뭉쳐놓은 것인지 구분이 됐다. 후각 능력만 뛰어난 것이 아니라 그쪽 분야의 재능도 탁월하다는 것을 깨달았다. 그쪽을 선택했다면 벌써 권위자 반열에 들었을지 모르는데 날마다 시약 냄새로 내 후각을 고문하고 있다는 생각을 하자 씁쓸했다.

　전선 다발이 좁은 골목을 따라 무겁게 늘어져 있다. 우리 아들 의대만 합격해봐. 운명이 달라져. 외모? 의사자격증 하나면 다 커버돼. 마지막 기숙학원 주차장에서 엄마가 남겼던 문장들이 전선 다발처럼 내 머릿속에서 얽힌다. 의사자격증을 소지하지 못해 나는 지금 이 거리에 서 있는 것일까. 그렇다면 의사자격증이 있는 남우의 이와 같은 상황은 어떻게 이해해야 하는 건지. 전철이 지나간다. 외부에 노출된 연립주택 베란다에서 빳빳하게 얼어버린 빨래들이 펄떡거린다.

　연립주택 공동현관으로 들어서자 혹취가 코를 찌른다. 껌딱지 위에 누런 가래침이 얼어붙어 있다. 1층과 2층 사이 층계참에 크고 작은 코발트색 플라스틱 화분이 놓여 있다. 화분의 메마른 흙 위에 말라비틀어진 누런 대파와 담배꽁초가 널브러져 있다. 204호 앞에는 자장면 그릇이 놓여 있다. 남긴 면발이 퉁퉁 불어서 얼어 죽은 지렁이처럼 보인다. 멍청한 자식. 기초의학은 무슨. 304호. 남우네 집이다. 나는 초인종 대신 조심스럽게 문을 두드린다.

"계십니까?"

아무 대답이 없다. 빈집인가. 약간 힘을 주어 다시 두드린다. 텔레비전 소리가 더 크게 들린다. 옆집 것인지 304호 것인지 확실하지 않다. 나는 귀를 문틈에 댄다. 이 익숙한 냄새. 나는 반사적으로 손잡이를 돌린다. 문이 열린다. 오금이 접히면서 나는 고꾸라지듯 주저앉는다. 도대체 이게 다 무엇인가. 다섯 평 남짓한 거실에 누워 있는 한 남자와 천사. 아무렇게나 널려 있는 약병과 주사기들. 염화칼륨 주사액이라는 글자를 보는 순간 눈앞이 캄캄해진다.

병원 앞 푸르께한 가로등 불빛이 주검에 감도는 싸늘함처럼 새벽 공기 속을 떠돈다. 남우 아버지를 영안실에 안치하기는 했지만 장례 절차는 실제 보호자인 남우가 와야 진행될 수 있다고 했다. 다행히 김 선배가 응급실 인턴으로 있어 도움을 받을 수 있었다. 김 선배는 우리 실험실에서 기초의학 박사 과정을 밟다가 중간에 포기하고 올봄에 다시 임상 쪽으로 갔다. 김 선배는 의대 후배인 남우와 막역한 사이인데 하이브레인넷에 올린 글과 천사와 관련된 것은 전혀 모르고 있었다. 나는 하이브레인넷에 올린 글에 관해서만 털어놓았다.

"남우가 어린아이 같은 데가 있잖냐."

어린애? 나는 입이 근질거려 담배를 빼 물었다. 남우와 거래가 끝나기 전까지는 캐비닛 비밀을 폭로해서는 안 된다.

"학교 측에서는 기초의학을 권장하고 있지만 사실 미래에 대해서는 수수방관이거든. 그래도 남우는 워낙 연구를 잘하니까. 근데 얼마 전부터 의대 교수 임용에 논문 점수에다가 해외 포스트닥터 과정이 필수가 된 거야. 남우에게 죽으라는 거지. 남우의 경우 아버지 병원비 대기도 벅찬데 그런 아버지를 모시고 해외 포스트닥터 과정을 해? 비자도 아내와 직계 미성년 자녀까지만 내주거든."

"내년 임용 확정된 거 아니었어요?"

"맞지. 조건만 갖추면. 2년 동안 미국 스크립스 연구소에서 포스트닥터 과정을 밟고 오는 거. 초청장을 받긴 했는데 내년 2월부터 당장 시작해야 한다는 거야. 그러니 남우가 돌 수밖에. 임용이 안 되면 남우가 해오던 연구에서도 손을 떼야 하고, 남우의 앞날도……."

선배가 말을 끊고 전자담배에 불을 지폈다.

"근데 아버님께서 이렇게 되셔서 남우 앞날에는 다행한 일이긴 해. 남우의 상심이 크겠지만."

상심? 염화칼륨 주사액이라는 글자가 섬광처럼 보였다 사라진다. 막혔던 수학 문제가 풀리듯 그동안의 의구심들이 술술 풀렸다. 남우가 자신의 앞날을 위해 아버지에게 그런 짓을 저질렀다고 설령

실토를 해도 선배는 안 믿을 것 같다. 자신을 저렇게 신뢰하는 선배까지 속일 수 있는 게 남우다. 사실 나도 남우가 그 정도까지 잔인할 줄은 몰랐다. 캐비닛과 천사, 하이브레인넷 글 따위는 거래 거리도 아니었다. 흥분으로 다리가 후들거리고 가슴께가 찌릿찌릿하다.

"아버님 뜻대로 된 거지 뭐."

선배가 일어서며 말했다. 무슨 뜻? 나는 따라 일어서며 눈으로 물었다.

"세 차례나 병원에 실려 오셨잖아."

"삶의 애착이 크셨나 봐요."

"그 반대야."

반대라면⋯⋯. 그다음 이어지는 선배의 말에 내 추리와 그에 따른 결론들이 재구성을 시작했다.

택시를 찾아 두리번거리면서 호주머니 속을 뒤진다. 담배가 없다. 눈에 띄는 택시도 없다.

남우는 현장을 그대로 방치한 후 사라졌다. 내가 그렇게 들이닥치리라고는 상상도 못 했기 때문이었다고 생각했다. 막상 일은 저질렀는데 아무리 극악무도한 놈이라도 사람이니까 당황했을 것이다. 잠시 뛰쳐나가 숨을 고르고 있거나 어디서 병나발을 불며 현실을 도피하고자 안간힘을 쓰는 중일 수 있었다. 녀석이 돌아와 아버지와 천사 사체가 사라진 것을 확인하는 순간 녀석은 얼마나 황당할까. 공포로 떨겠지. 나 또한 흥분으로 온몸이 떨렸다. 처음에 경황이 없어 급하게 119 버튼을 누르긴 했지만 곧 정신을 차리고 전화를 끊었다. 그러고는 주사제를 감추고 천사를 침대 밑으로 옮겨놓는 주도면밀함까지 발휘했다. 남우가 아버지에게 주입한 것은 염화칼륨 용액이었다. 염화칼륨은 신체 내에도 존재하기 때문에 부검을 해도 문제될 것이 없다. 남우가 더 잘 안다. 염화칼륨 시약 통 못 봤어요? 몇 시간 전 정다혜의 쇳소리가 귓전에 꽂힌다.

남우는 아버지가 현대의학으로 어쩔 수 없는 지경까지 이르자 스스로 치료법을 찾고 싶었던 것이다. 급기야 다급해진 남우는 지도교수 몰래 폐암 말기 치료제 실험을 아버지를 대상자로 시작했다. 의사인 아들이 불치병을 앓는 아버지를 위해 할 수 있는 행동이다. 그런데 아버지의 병을 고칠 방법은 없고 포스트닥터로 가야 하는 기한은 다가온 거였다. 결국 남우는 그 방법을 선택한 거라고 나는 믿어 의심치 않았다. 효자도 휴머니스트도 천재의학도 남우도 결국 자신의 욕망을 거스를 수 없다는 결론이었다. 그런데……

어디로 갈까. 남우네 집에 천사의 사체가 있다. 장례를 치러줘야 하지만 이런 시각 그곳으로 갈 엄두도 나지 않고 어쨌든 남우를 만나야 한다. 시간을 확인한다. 03 : 23. 나는 학교 쪽으로 방향을 튼다.

천사는 실험용 암고양이 1004번이었다. 우리는 실험동물을 번호로 부른다. 천사의 뇌를 이용하여 통각의 신경전달 회로의 제어기전을 조사했다. 극도의 고통으로 시달리는 환자를 위한 실험이었다. 통각을 전달하는 신경 경로를 차단할 수 있다면 환자 치료에 큰 도움이 될 수 있다는 가설이었다. 천사의 생명력은 대단했다. 혹독한 실험에도 살아남았다. 두개골을 열고 특정 뇌 부위에 손상 주기를 다섯 번에 걸쳐 실험했다. 천사는 죽지 않았다. 결국 통증에 대한 새로운 제어기전을 발견하지 못해 우리의 실험은 실패로 끝났다. 실험이 끝난 동물은 CO_2로 안락사를 시키는 것이 보통이다. 기수가 가장 낮은 나의 임무였다.

"이리 줘."

죽음에 임박한 천사를 안고 처치실 앞에서 머뭇거리는 나를 향해 남우가 두 팔을 내밀었다. 네가 제대로 할 수 있겠어, 하는 눈빛이었다. 그전에 내가 한 실수 때문이었다. 내가 경추를 잘못 당기는 바람에 마우스가 죽지도 못하고 뒤집힌 상태에서 네 발을 떨고 있었다. 보고 있던 남우가 마우스를 집어 들더니 찰나에 마우스의 경추를 끊어버렸다. 그때 일이 떠올라 불쾌했지만 나는 주저 없이 남우에게 천사를 넘겼다. 사실 천사의 안락사만은 피하고 싶었다. 남몰래 천사에게 닭가슴살과 아이암스 간식을 먹여온 정 때문만이 아니었다. 천사의 녹주석빛 눈동자가 자꾸 떠올랐다. 실험할 때마다 천사는 어서 너희의 필요를 충족시키고 나를 놓아줘, 애원하는 듯한 눈으로 나를 바라봤다.

한 학부 인턴 여학생이 축 늘어진 1004번을 안고 처치실로 들어가는 남우의 등을 바라보고 서 있었다.

"황남우 진짜 냉혈한 아니냐?"

내가 물었다.

"찌질해서 짜증나게 하는 것보단 낫죠."

여학생은 나를 바라보지도 않고 대답했다. 입술을 비죽 내민 채휙 돌아 제자리로 돌아갔다. 긴 머리카락에서 풍기는 헤어제품 냄새에 나는 재채기를 했다.

그날 천사의 사체를 확인하지는 않았지만 남우가 천사를 안락사시켰다고 모두가 믿었다. 설령 CO_2를 투여하지 않았어도 천사는 거의 죽은 목숨이었다. 그런데 어떻게 1004번이 살아 있는지 알 수 없는 일이다. 그것도 그전과는 비교도 안 될 만큼 건강해 보이는 몸피였다. 남우는 아버지를 살리기 위해 천사에게 숱한 폐암 실험을 했을 것이다. 남우가 아무리 지극정성으로 돌봤다 해도 초주검 상태가 되어야 정상이다. 여러모로 남우는 미스터리한 인간이다. 어쨌든 남우는 징계로부터 벗어날 수는 없다. 지도교수 모르게 천사를 실험용으로 하여 실험실 시약과 도구를 사용하여 독단적인 연구를 해왔다. 교수의 연구비를 훔쳐 쓴 셈이고 동물실험 윤리위원회

푸른 고양이

규정 위반이다. 교수도 감독 부주의 책임을 면할 수 없게 될 것이다. 그 심각성과 엄중함에 대해 남우가 더 잘 알고 있다.

2개월 전 남우의 비밀을 처음 목격했다. 남우의 이상한 행동이 시작될 즈음이었다. 무엇인가에 정신이 팔린 사람 같았다. 실험 때문에 종종 실험실에서 밤을 새워야 하는 경우는 누구에게나 있다. 그런데 남우는 아예 실험실을 떠나지 않았다. 신경이 쓰였다. 냄새 때문이었다. 단순하게 며칠간 씻지 않은 젊은 남자의 체취가 아니었다. 특이한 냄새가 섞여 있었다. 알 듯 모르겠는 냄새였다. 후각 능력에 있어서만은 아킬레스급인 나는 그 냄새의 정체를 밝히고 싶었다.

나는 몰래 숨어들어 실험실에서 밤을 샜다. 일거수일투족을 감시한다 한들 남우는 눈치채지 못할 거라는 확신이 있었다. 남우는 무엇을 하든지 곁을 보지 않는다. 달리기에서 1등이 뒤따라오는 경쟁자의 뒷모습을 볼 수 없는 것과 동일한 이치인 것 같았다. 실험실에서 작은 폭발 사고가 있었다. 남우는 돌아보지도 않았다. 엔터키를 누르며 논문을 읽어 내릴 뿐이었다. 타인의 실수에 자신의 시간을 빼앗길 수 없다는 의도적인 위장술이라고 생각했다. 그런데 지내보니 꼭 그런 것 같지는 않았다. 무엇인가에 열중할 때 발휘되는 남우의 몰입 능력은 다분히 그런 행동을 유발할 수 있는 수준이었다. 그러니 구석진 내 자리에 엎드려 지켜본들 남우의 눈에 띌 확률은 매우 희박했다.

그날 밤, 형광등이 모두 소등된 상태였다. 실험기구들이 내뿜는 미세한 빛알만 군데군데 떠 있었다. 남우가 창 쪽으로 걸어갔다. 창틀 안에 보름달이 박혀 있었다. 이상하게도 달빛이 푸른색이었다. 남우가 그 묘한 달빛을 받으며 캐비닛 문을 열었다. 무엇인가를 꺼냈다. 두 팔을 뻗어 그것을 들어 올렸다. 〈라이온 킹〉에서 개코원숭이가 갓 태어난 심바를 새로운 후계자로 선언할 때의 장면이 떠올랐다. 처음에는 허공에서 꿈틀거리고 있는 그 미확인 물체가 신생아인 줄 알았다. 그러나 다음 순간 그것이 1004번임을 알아봤다. 그제야 남우에게 섞여 내 후각을 괴롭혔던 정체가 천사임을 깨달았다. 천사에게는 나만이 느낄 수 있는 특유한 냄새가 있다. 천사가 죽었다고 믿었기 때문에 상상조차 하지 못했던 것 같다. 그날 처음으로 천사의 몸에서 발하는 푸른빛을 볼 수 있었다. 러시안블루 천사가 검회색의 짧은 털을 가졌을 뿐이라 늘 의아하게 생각했었다.

남우가 천사를 캐비닛 안에서 키우는 것은 아니었다. 캐비닛 안에서 천사의 냄새가 난 것은 서너 번뿐이었다. 추정컨대 집에서 기르면서 실험을 위해 특별한 기구가 필요할 때만 몰래 데려오는 것 같았다. 나는 캐비닛 문을 열기 위해 별짓을 다 했다. 그러나 끝내 성공하지 못했다. 남우의 비밀을 캐는 과정은 치열했다. 두뇌 게임에서의 아킬레스와 거북이 같았다. 제논의 모든 전제가 참이라 해도 현실적으로 그 논리는 거짓이다. 아킬레스는 거북이를 제칠 수밖에 없다. 그렇지만 이 경우에서만은 학교 성적에서 거북이인 내가 아킬레스인 남우를 제쳐 제논의 역설을 방증하는 아이러니를 남기고 싶었다.

나는 실험실에 혼자 남겨지는 기회를 노렸다. 호시탐탐 남우 주위에서 어슬렁거리며 남우의 일거수일투족을 넘겨다보았다. 실험실 사람들은 그런 나를 이상한 눈으로 흘깃거렸다. 상관하지 않았다. 남우와 타협이 잘되고 곧 『네이처』에 투고될 논문에 내 이름이 공동 제1저자가 되면 쥐구멍에 볕들 날이 도래하는 것이다. 졸업 확정을 넘어 석사논문이 그 정도면 세계적인 실험실에서 박사학위 과정을 할 수 있다. 아버지 병원을 물려받지는 못해도 이과대학 교수 임용은 꿈꿔볼 수 있다.

한 달 전쯤 남우가 물었다.

"혹시 뭐 부탁할 거 있는 거야?"

"내가? 너한테?"

나는 별일이라는 표정을 지어 보이며 어깨를 들썩해 보였다.

"아니면 할 말이 있거나."

"할 말이?"

나는 남우를 올려다보며 도리머리를 흔들었다. 남우의 팔뚝을 가볍게 치고는 실험실을 나와버렸다. 남우가 고개를 살짝 숙이고 내 눈을 꿰뚫어 보는 게 기분 나빴다.

"그런데 왜 자꾸……."

남우는 내 등에 대고 말을 하다가 말았다. 시간이 지날수록 '왜 자꾸'에 이어질 뒷말이 궁금했다. 뭔가 낌새를 차린 것 같았다. 남우의 처세술은 특이했다. 아예 개념이 없다고나 할까. 경쟁심이나 쟁취 욕구 같은 단어 자체가 부재한 것 같았다. 타인을 의식하거나 눈치를 보는 일 따위도 없었다. 그런데 가끔씩 내 속을 훤히 들여다봤다. 『사이언스』에 내 이름이 끼게 된 것도 남우의 그 능력 덕분이었다. 그 당시 나에게는 석사학위 논문 제출 자격이 될 만한 논문이 한 편도 없었다. 그저 상대적 열등감에 절어 전도유망한 남우를 바라보고 있었다. 그런데 남우가 교수에게 내 이름 기재를 제안했다.

"이번 가설, 명상이랑 얘기하다가 아이디어를 얻었거든요. 명상이는 손도 좋아요. 명상이 실험하는 거 보면서 제가 많이 배웠어요."

사실이었지만 논문에 이름을 올리기에 충분한 이유는 아니었다. 남우를 절대적으로 신뢰하는 교수는 나를 공저자 중 하나로 넣어주었다. 마치 신의 시선으로 남우가 내 속을 들여다보고 있는 것 같았다. 그런데 이번에는 아니었다. 내가 타협안을 내놓기 전에 남우가 알아서 천사와 관련된 비밀을 털어놓기를 바랐다. 이번 논문은 너랑 둘이 제1저자가 될 수 있도록 해볼게, 말해주기를 학수고대했다.

그런데 내 속을 알아주기는커녕 실험실에서 사라져버렸다.

캐비닛을 열 수 있는 방법을 알아내기 위해 행정실에 찾아갔다. 직원은 캐비닛이란 단어를 듣자마자 남우의 시시콜콜한 개인정보만 늘어놓았다. 캐비닛은 IMF 이전 남우 아버지의 공장에서 만든 거라고 했다. 일찍 엄마를 여읜 남우는 어릴 때 아버지의 공장이 집이었고 놀이터였다. 아버지와 숨바꼭질하며 캐비닛 안에 숨고, 그 안에서 동화책 읽다가 잠들고, 뭐 그랬다나. 남우는 실험실에 온 첫날 캐비닛에서 아버지 회사 상표를 발견했고 그 순간 눈물까지 흘렸다. 나는 캐비닛 여는 방법에 대해 다시 한번 물었다. 나야 모르지. 직원은 간결하게 대답했다. 그러고는 아버지가 많이 편찮으시다는데 요즘 어떠신가 모르겠네, 울상을 지었다.

남우는 한 달 전까지 한 달에 두 번 주말에 의료 봉사를 다녔다. 나는 그날에 맞춰 열쇠공을 불렀다. 손잡이에 딸린 잠금장치를 푸는 일은 간단했다. 하지만 다이얼이 문제였다. 다이얼 잠금장치는 두 자리 숫자 세 개를 우측 4번, 좌측 2번, 우측 1번 돌려 맞추게 되어 있다. 그것을 맞출 확률은 얼마나 될까. 눈먼 거북이가 우연히 바다에 뜬 나무를 붙잡는 확률보다 낮을 것 같다. 남우는 그 확률을 뚫었고 나는 포기했다는 것에 열패감이 컸다.

실험실 문이 열려 있다. 가슴이 심하게 두방망이질을 한다. 남우가 있을 것만 같다. 문틈으로 실험실 안을 훑는다. 소등된 상태였지만 실외 가로등 빛과 실험용 전자기기들에서 뿜어져 나오는 빛으로 형체를 알아볼 수 있는 정도는 된다. 남우는 없다. 어쩌면 남우는 지금쯤 집에 도착했거나 선배의 문자를 확인하고는 병원으로 달려갔을지 모른다. 선배로부터 내가 개입되었다는 것을 알고는 막막해 해결책을 도모하고 있을 수도 있다.

관성의 법칙일까. 내 발이 캐비닛 쪽을 향한다. 캐비닛 전방 1미터쯤에서 나는 걸음을 멈춘다. 내 심장도 멎은 것 같다. 남우다. 남우네 집으로 떠나기 직전 재채기를 유발했던 자작나무 꽃가루 냄새는 거의 사라지고 너무나 익숙한 냄새가 내 후세포를 자극한다. 남우 특유의 체취다. 남우가 캐비닛 안에 있다. 나는 귀신을 본 듯 실험실에서 도망쳐 나온다. 찰나에 모든 것을 깨닫는다. 나는 남우의 원격 조정에 완벽하게 조종당했다.

선배는 남우 아버지가 병원에 실려 오게 된 것이 그의 강한 삶의 애착 때문이 아니라고 했다. 세 번 다 자살 미수였다. 의식이 돌아오면 남우 아버지는 아들의 앞날을 망칠 수 없다며 죽어야 한다고, 제발 죽게 해달라고 애원했다. 남우는 울부짖었다. 아버지 없음 나도 없어. 아버지도 못 살리는데……. 다 때려치울 거야. 선배에게는 그런 남우의 모습이 어린아이처럼 보였던 모양이다. 듣는 순간 이게 뭐지, 잠시 헷갈렸지만 곧바로 그것이 능통한 임기응변의 달인 남우의 연기일 수 있음을 떠올렸다. 모든 의심으로부터 벗어나기 위해 선배가 보는 앞에서 알리바이를 획득하기 위한 행동이 분명했다. 처음엔 진심이었을 수도 있다. 막상 아버지가 자신의 앞날에 장애가 되니 남우가 변한 거라고 결론지었다. 자신의 야망을 위한 안락사든, 아버지를 위한 존엄사든 남우는 법의 심판을 피할 수 없다. 그것을 내가 알아버린 것이다. 나를 전율하게 만드는 완벽한 거래 조건이었다.

그런데 캐비닛 안으로 기어들었다니. 그것은 나의 추측이 완전히 빗나갔음을 의미한다. 아버지를 그렇게 한 것도 제 앞날을 위한 짓은커녕 모든 걸 끝내려는 작태였다. 남우도 실험실 공사 전에 캐비닛이 사라진다는 것을 알고 있었다. 그러니까 남우는 점심때쯤 내가 집으로 전화했을 때 일을 저질렀다. 내가 화장실에 간 사이 캐비닛으로 들어가 자작나무 꽃가루를 뿌려 나의 접근을 원천차단하고 집으로 가게 만들었다. 아버지가 무사히 영안실에 안치될 수 있도록 나를 유인한 것이다. 천사의 사후까지도 떠넘기고. 나의 의도를 모두 파악했고 어떤 행동을 할지 꿰뚫고 있었다는 것이다. 영혼까지 박탈당한 것 같은 이 기분. 더럽다.

아버지의 장례를 치를 수 없을 만큼 유약한 녀석이 어떻게 그런 짓은 감행할 수 있었는지. 저런 녀석의 꽁무니만 쳐다봤던 내가 한심하다. 용서가 안 된다. 지금도 캐비닛 안에서 녀석은 나를 비웃고 있을 것이다. 하이브레인넷에 그런 글을 올리고 노트북을 열어놓은 채 사라졌을 때 나는 뭔가 눈치를 챘어야 했다. 나는 담배를 꺼내 불을 지핀다. 손이 떨린다. 가슴도 두근거린다. 더 이상은 아니다. 이렇게 당하고 끝낼 수는 없다. 남우의 모든 패를 읽었으니 이제 내가 녀석의 뒤통수를 칠 차례다. 나는 실험실을 향해 뛰기 시작한다. 숨이 목까지 차오른다.

실험실 문을 연다. 순간 나를 지탱하고 있던 모든 에너지가 휘발되는 느낌에 휩싸인다. 이 냄새, 서늘한 이 기운. 지겹다. 녀석을 끌어내야 하지만 입을 벙긋할 힘도 없다. 나는 입구에서 가장 가까운 의자에 주저앉는다. 책상 위에 엎드린다. 구멍 난 가죽 포대에서 액체가 뿜어져 나오듯 몸 안의 것들이 기화되어 나로부터 빠져나간다. 다 싫다. 눈이 저절로 감긴다. 통째로 들고 나가면……. 열 시간 전쯤 들었던 남자의 탁성이 귓바퀴에 감긴다. 두세 시간 후면 그가 들이닥칠 것이다.

"뭐 하는 거예요?"

나는 벌떡 일어나 소리를 지른다. 느닷없는 고함에도 두 남자는 하던 일을 멈추지 않는다. 책상에 엎드려 눈을 감았다가 뜬 것 같은데 8시 30분이다.

"깼네. 뭐 하긴. 캐비닛 옮기지."

하나, 둘, 셋! 한 남자는 캐비닛 한쪽을 들고 한 남자는 그 틈에 부직포 천을 끼워 넣는다. 반대쪽으로 한 번 더. 부직포 천을 깐 캐비닛이 문 쪽으로 끌려나간다. 잠깐만요! 내 목소리가 안 나온 것인지 안 들린 것인지 두 남자는 대꾸도 없다. 혹시 남우가 빠져나갔을 수도 있다.

"아이고, 환장하게 무겁네."

남우는 안에 있다. 캐비닛이 스칠 때 그의 냄새를 맡았다. 말려야 한다. 그 안에 세상에서 가장 멍청하고 유약한 녀석이 들었다고 말해야 한다. 하지만 나는 꼼짝 못 하고 서서 캐비닛이 끌려가는 소리를 듣는다. 엘리베이터 문 닫히는 소리가 난다. 실험기구 돌아가는 소리가 귓바퀴를 할퀸다.

창가로 간다. 하늘이 사라지고 없다. 미세먼지가 태양 빛도 삼켰다. 두 남자가 캐비닛을 용달차에 싣고 있다. 짐칸으로 끌어올린 캐비닛을 바닥에 넘어뜨린다. 둔탁한 소리와 함께 내 다리떨기가 멈췄다. 이럴 때가 아니다. 남우를 끌어내야 한다. 시동을 걸었는지 검회색 연기를 내뿜는다. 코발트색 차 측면에 전화번호가 있다. 흰색 숫자가 점점 멀어져간다. 남자에게 전화를 해야 한다. 호주머니에서 스마트폰을 꺼낸다. 전원이 나갔다. 번호를 외워야한다. 11자리 숫자를 머릿속에 새기며 메모지를 찾아 내 자리로 간다. 010-67…. 생각나지 않는다.

나는 문을 박차고 실험실에서 뛰쳐나온다. ✻

오래된 입주자

수
잔에 얼   굴 을
묻는다. 라   일락꽃 향
기가 배어 있다. 엄마는 여전히
향수를 비롯해 욕실용품에
서 유연세제까지 라일락꽃
향기 제품을 사용하고 있
다. 엄마의 취향은 환경에 거
의 영향을 받지 않았다. 취향 유
지가 최우선이기 때문이라기보다는 취
향을 바꿀 수 없게 만드는 그 무엇에 감염된 상태 같다.
물질이 풍요했던 엄마를 숙주로 삼은 기생충이 엄마의 뇌를 조
종해 그것을 유지하지 않으면 견딜 수 없게 만든 것이다. 나는 머리카
락을 감싸 올렸던 수건을 푼다. 엄마가 해놓고 나간 그대로 집어놓고 욕
실에서 나온다. 이렇게 발코니 데크에 서서 내려다보면 작은 수목원처
럼 보였던 정원이다. 그런데 이제는 완전히 풀밭이 되었다. 외할아버
지의 국회의원 당선을 기념하기 위해 심었다는 나무에도 제멋대로 뻗
어난 가지들이 톱날처럼 삐져나와 있다. 한순간의 재해에 의한 것이
아니다. 여러 해를 넘긴 불행의 시간에 의해 망가진 모습이다. 3번
전화 벨소리가 들려온다. 부엌 쪽이다. 엄마가 또다시 휴대폰
을 놓고 나간 모양이다. 곧 휴대폰을 챙기러 엄마가 돌아올 것
이다. 나는 슬리퍼를 벗어 원래대로 해놓고 개꿀발로 뛰어
내 자리로   돌아온다. 반듯한 자세로 눕는다. 축축한 머리
카락을 머   리맡에 흩어놓는다. 라일락꽃 향기 샴푸 냄새

오래된 입주자

　놈을 발견한 것은 라과디아 공항 화장실에서였다. 10센티미터 정도 길이의 실 같아 보이는 물질이 변과 섞여 떠 있었다. 옷 솔기에서 풀린 긴 실밥 같기도 했고 식물의 섬유질처럼 보이기도 했다. 별생각 없이 변기 레버 버튼을 눌렀다. 그다음이 문제였다. 소용돌이치는 물살이 변을 부수고 변기를 씻어 내리는 동안 놈은 수면 위에서 격렬하게 꿈틀거렸다. 마지막 빨려 들어가는 순간은 체조 선수의 리본처럼 생생한 리듬감까지 더했다. 내 몸에서 나온 것이라고 믿기 힘든 놈이었다. 그렇다고 내 몸에서 나오지 않았다는 근거도 없었다. 화장실 문을 여는 순간 변기 안을 들여다보는 것은 나의 오래된 습관이다. 그날도 분명 나는 그렇게 했을 것이고 아무 이상 없음이 확인되었기 때문에 변기 위에 앉았을 것이다. 탑승하여 인천 공항에 도착할 때까지 놈은 그렇잖아도 엄마 때문에 혼란스러운 내 머릿속을 끊임없이 헤집고 다녔다.

"어머머, 맙소사. 위대한 유전자는 역시 달라요."

엄마의 발랄한 웃음소리에 소름이 돋는다. 엄마는 오늘 오전에만 해도 일곱 번의 전화를 받지 않았고 다섯 명에게 전화를 걸었다. 다섯 번째 사람과 지금 한 시간째 저러고 있다.

"그럼, 우리 오 년 만의 해후가 되는 거죠?"

5년 만의 만남이라면 저 사람도 최근 4년 동안 엄마에게 무슨 일이 일어났는지 전혀 모르고 있다는 것이다. 화장실에 가고 싶다. 엄마가 집 밖으로 나가야만 가능하다. 나는 몸을 모로 돌려 두 다리를 가슴 쪽으로 끌어당긴다. 고통스러운 순간을 피할 수 없을 때 애덤은 코를 막고 노래를 부른다고 했다. 엄지와 검지로 코끝을 문다. 노래를 부를 수는 없고, 대신 눈을 감는다. 윗니를 다 드러내고 웃는 애덤을 떠올린다. 그 덕분에 그나마 3년이라는 유학 생활을 견딜 수 있었다. 별안간 놈이 나타나 실처럼 가늘고 긴 몸으로 애덤의 얼굴을 친친 감는다. 나는 눈을 번쩍 뜬다. 하마터면 비명을 지를 뻔했다.

놈이 기생충이라고 확신하게 된 것은 2주 전쯤이다. 귀국 전에도 가끔 그랬지만 배가 아픈 증상이 잦았고 피로감이 심했다. 종종 빈혈기에 속까지 메스꺼웠다. 귀국하자마자 엄마 때문에 법률과 금융

상담을 받느라 하루 종일 서초동을 헤매고 다녔다. 세 번째 변호사 사무실을 찾았을 때 엄마를 구제할 수 있는 방법이 정말로 없다는 것을 인정하게 되었다. 이 나라에서 포기한 엄마를 나라고 어쩔 수가 없었다. 할 수 있는 일이라고는 애벌레처럼 누워 짜증스런 시간을 갉아먹는 것뿐이었다. 그래도 스마트폰이 있어 다행이었다. 그날도 엄마가 집을 비우기만 기다리며 별생각 없이 최근 나에게 나타나는 증상을 인터넷 검색란에 입력해보았다. 뜻밖에도 기생충이 서식하고 있을 경우의 증세와 거의 같았다. 광절열두조충에 대한 인터넷 기사를 읽는데 라과디아 공항 화장실에서 보았던 놈이 떠올랐다. 그놈일 확률이 높았다. 놈은 숙주의 양분을 빼앗아 제 알을 통통하게 키운 후 산란을 위해 꼬리를 조금씩 잘라낸다. 13세 소녀의 몸에서 끄집어낸 놈의 사진이 올라와 있는데 놈의 길이가 3.5미터도 넘었다. 그날 이후 내 키의 세 배도 넘는 놈이 내 장기들을 칭칭 돌려 감는 망상에 사로잡히곤 한다.

드디어 엄마가 집을 나서는 모양이다. 현관문 소리와 함께 구두굽 소리가 멀어진다. 대문 닫히는 소리까지 확인한 후 나는 화장실로 달려간다. 변기에 앉는 순간 역시 괄약근이 조여진다. 기생충 검색 후의 부작용이랄까. 변기에 앉기만 하면 놈이 항문을 찢고 기어나올 것만 같다. 터무니없는 망상이라고 스스로를 진정시켜도 소용이 없다. 입을 앙다물고 죽어버린 조개처럼 괄약근은 도무지 틈을 주지 않는다. 잡지 꽂이대에 올려놓은 스마트폰이 진동한다. 엄마다. 뉴욕 시간으로 밤 10시. 내가 뉴욕에 있다고 믿고 있는 엄마는 거의 매일 이 시간쯤 영상통화 신청을 한다. 나는 거절 버튼을 눌러버린다.

변기에서 일어서자 허벅지에 걸쳐놓았던 팬티가 마른 다리를 훑고 바닥으로 떨어진다. 탱크톱을 벗어 던지고 샤워부스로 간다. 수도꼭지를 온수 쪽으로 튼다. 이미 끝까지 돌아가 있다. 온수가 나오지 않는다는 것을 알면서도 무의식적으로 반복하는 행위다. 나는 손끝을 물줄기에 대고 한참을 서 있다가 발가락부터 서서히 찬물에 적셔나간다. 점점 냉기에 무뎌진다. 허벅지를 찬물 속에 들이민다. 무엇이든 익숙해지면 적응하게 되어 있다. 하지만 엄마가 찬물에 적응할 수 있는 날은 오지 않을 것이다. 가스가 끊겨 온수가 나오지 않자 바로 사우나로 달려간 엄마다.

수건에 얼굴을 묻는다. 라일락꽃 향기가 배어 있다. 엄마는 여전히 향수를 비롯해 욕실용품에서 유연세제까지 라일락꽃 향기 제품을 사용하고 있다. 엄마의 취향은 환경에 거의 영향을 받지 않았다. 취향 유지가 최우선이기 때문이라기보다는 취향을 바꿀 수 없게 만드는 그 무엇에 감염된 상태 같다. 물질이 풍요했던 엄마를 숙주로 삼은 기생충이 엄마의 뇌를 조종해 그것을 유지하지 않으면 견딜 수 없게 만든 것이다. 나는 머리카락을 감싸 올렸던 수건을 푼다.

엄마가 해놓고 나간 그대로 걸어놓고 욕실에서 나온다.

이렇게 발코니 데크에 서서 내려다보면 작은 수목원처럼 보였던 정원이다. 그런데 이제는 완전히 묵정밭이 되었다. 외할아버지의 국회의원 당선을 기념하기 위해 심었다는 나무에도 제멋대로 뻗어난 가지들이 톱날처럼 삐져나와 있다. 한순간의 재해에 의한 것이 아니다. 여러 해를 넘긴 불행의 시간에 의해 망가진 모습이다. 3번 전화 벨소리가 들려온다. 부엌 쪽이다. 엄마가 또다시 휴대폰을 놓고 나간 모양이다. 곧 휴대폰을 챙기러 엄마가 돌아올 것이다. 나는 슬리퍼를 벗어 원래대로 해놓고 깨금발로 뛰어 내 자리로 돌아온다.

반듯한 자세로 눕는다. 축축한 머리카락을 머리맡에 흩어놓는다. 라일락꽃 향기 샴푸 냄새가 싱글 침대 크기만큼 고인다. 이 영국산 앤티크 침대는 35년 전 엄마의 초경을 축하하기 위해 외할아버지가 선물했다고 한다. 어린 나는 숨바꼭질을 하거나 바이올린 연습이 하기 싫을 때마다 이 긴 다리 나무 침대 밑으로 숨어들었다. 꽃무늬 자수 침대보가 바닥까지 닿아 있어 누구의 눈에도 뜨이지 않는다고 믿었다. 엄마가 뻔히 알면서도 모른 척했다는 것을 알게 되었을 때는 숨바꼭질이 시시하게 느껴질 만큼 성장한 후였다.

애덤과의 채팅방으로 들어간다. 애덤은 8일째 내 카톡을 읽지 않는다. 개인톡에 남긴 글에도 반응이 없다. 애덤은 방학 동안 다음

학기 등록금와 생활비를 벌어야 한다고 했다. 한국과는 낮과 밤이 다르고 아르바이트를 하느라 정신이 없어서 그럴 거라고 스스로를 달래보지만 전혀 위로가 되지 않는다. 애덤은 보이는 사랑만 믿는다고 했다. 어서 여기 일을 마무리 짓고 애덤에게로 돌아가야 한다. 애덤은 나를 한국의 재벌 2세쯤으로 안다. 애덤의 그 기대를 무너뜨리고 싶지 않다. 대문 여닫는 소리와 동시에 엄마의 3번 전화기가 다시 울린다. 대문 안으로 들어서면서 전화기 위치 추적을 위해 엄마가 전화를 했을 것이다.

엄마의 스마트폰은 세 개다. 각각 드뷔시의 베르가마스크 모음곡 1, 2, 3번을 착신음으로 해놓았다. 3번은 아버지가 쓰던 스마트폰이다. 2번은 대부분 내가 모르는 사람들이고 1번은 나를 비롯해 내가 아는 엄마의 오래된 친구이거나 친인척들이다. 엄마는 가끔씩 그 셋 중 하나를 빠뜨리고 나간다. 처음 내가 침대 밑으로 들어오게 된 것도 엄마가 휴대폰을 깜박하고 나간 덕분이었다.

귀국하여 호텔에서 지낼 때였다. 나라에서 포기하면 회생이 불가능한 것을 인정하게 된 나는 엄마를 미행하거나 엄마 없는 집에 들어와 이것저것을 찾아 뒤졌다. 금전 출납 파일을 찾은 날이었다. 엄마에게 돈을 빌려준 사람들의 이름, 액수, 날짜가 기록되어 있었다. 나래 엄마, 윤석 엄마…… 상미 엄마. 대부분이 내 친구의 엄마들이었다. 친구라기보다는 이름조차 기억에서 흐릿해진 학교 동창들이었다. 나래가 나를 학교 연습실에 가두고 집으로 가버린 다음 날 나는 예고를 자퇴했다. 윤석은 아버지의 장례를 치른 며칠 후 우리 이제 그만 만나는 것이 좋겠다, 라는 문자를 보냈다. 상미가 안다는 것은 유치원부터 중학교까지 적어도 내 이름을 기억하고 있는 모든 동창들이 다 알고 있음을 의미했다.

엄마의 컴퓨터 속 정보를 스마트폰에 저장하고 있을 때 엄마의 휴대폰 착신음이 울렸다. 욕실에서였다. 대문이 열리는 소리가 이어서 들렸다. 당황한 나는 현관에 벗어놓은 신발을 주워들고 내 방 침대 밑으로 숨어들었다. 침대 밑은 안전했고 의외로 안온했다. 엄마는 급히 휴대폰만 챙겨 다시 나갔지만 나는 그곳에서 빠져나올 수가 없었다. 지독한 잠이 쏟아졌기 때문이었다. 정신을 차리고 눈을 떴을 때는 이미 새벽 3시가 지나 있었다. 열한 시간 가까이를 잔 것이었다. 엄마의 자궁 속에서나 젖을 물고 있을 때는 그렇게 잤을까. 완벽한 숙면이었다.

그날처럼 엄마가 스마트폰만 챙겨 곧바로 나갈 것이라는 예측은 빗나갔다. 오늘은 평소와는 다르게 크고 작은 소음을 내며 집 안을 왔다 갔다 한다. 얼핏 집 안을 정리하는 것 같기도 하고 무엇인가를 찾고 있는 것 같기도 하다. 후자일 것이다. 엄마는 청소는커녕 집 안 환기도 시키지 않는다. 혹시 지난번 내가 내다 버린 엄마의 가발이나 옷가지를 찾고 있는 것은 아닐까. 수인아, 엄마 치매 검사를 받든지 해야겠어. 요즘 자주 입던 옷도 찾지를 못하는 거 있지. 어제 엄마는 전화기에 대고 볼멘소리를 했었다.

엄마가 음악을 틀었다. 다시 전화를 하려는 모양이다. 성악을 전공한 엄마는 누군가와 통화를 하기 전에 배경음악부터 선정한다. 대부분 클래식이었는데 오늘은 웬 가요, 그것도 트로트다.

"입맛에 맞으셨다니 다행입니다, 의원님."

왜 트로트인지 알 것 같다. 상대가 외할아버지와 국회의원 동기 노인인 것이다. 엄마는 하루걸러 한 번씩 음식을 해서 그 노인 집으로 나른다. 엄마의 금전출납 파일에 '노 의원님-1억 원 20190523'이라고 기록되어 있다.

"아니에요. 제가 좋아서 하는 일이에요, 의원님."

엄마가 트로트의 볼륨을 높인다. 통화하는 소리는 더 이상 들리지 않는다. 지나간 세월 모두 잊어버릴래. 당신 없인 아무것도 이젠할 수 없어……. 여자 가수의 바이브레이션을 넣은 끈적한 비음이내 귓바퀴를 타넘는다. 나는 귀를 틀어막는다.

4시에 렌터카를 인수받기로 했다. 1시 20분. 시간은 충분하다. 그믐 무렵의 대조기에 맞추어 계획한 일이다. 바닷물 수위는 높을수록 좋고 조류는 거칠수록 유리하기 때문이다. 다시 아랫배가 살살아파온다. 두 손바닥을 포개 배에 올려놓는다. 솟은 골반 뼈 사이로배가 분화구같이 꺼져 있다. 손가락 끝으로 배꼽 주위를 눌러본다.

손끝에 딱딱한 것이 걸린다. 놈이 똬리를 틀고 있는 걸까. 내 몸속에 있지만 내가 아닌 놈, 내 몸 안에 있는데 내가 제거할 수가 없는 놈……, 생각에 생각이 이어지면 내 몸이 놈의 것이 되는 날이 올지도 모른다는 망상의 꼬리를 물어버린다.

광절열두조충에 대한 기사를 읽던 날 병원을 찾아갔었다. 놈은 약국에서 파는 구충제로는 효과가 없고 병원 처방이 필요한 디스토마 약을 먹어야 한다고 했다. 어디가 불편하죠? 의사가 물었다.

"광절열두조충 약 처방이 필요해서 왔는데요."

"광절이를 데리고 오셨어요?"

나는 말문이 막혀 빤히 의사만 쳐다보았다.

"아, 우린 녀석을 그렇게 불러요. 혹시, 사진이라도?"

할 말이 없게 만드는 의사였다. 의사는 음식물 찌꺼기일 수도 있는데 독한 약을 먹으면 오히려 해로우니 놈의 사진이나 조각을 들고 오라고 했다.

"광절이 너무 미워하지 마세요. 오히려 그런 녀석하고 사는 게 행운일 수 있지. 아주 순한 놈이거든요. 큰 해를 입히지도 않고."

의사가 말할 때마다 턱 아래 비곗살이 출렁거렸다. 그 지방 덩어리 속에 수천 마리의 기생충이 꼬물거리고 있는 것만 같았다.

"살아 있는 것에는 다 존재 이유가 있는 거예요. 지구 입장에서 보면 우리 인간도,"

의사의 장광설을 끊고 나는 진료실을 나와버렸다

엄마가 CD를 바꾼다. 우나 퍼티바 라그리마, 루치아노 파바로티의 노래다. 노인과의 통화를 마치고 다른 상대가 정해진 것이다. 엄마는 성악 전공을 저런 식으로 살리고 있다.

"저, 은미예요."

엄마가 수인 엄마가 아닌 자신의 이름을 불렀다. 침대보 끝자락을 들어 귀를 바깥쪽으로 내민다. 엄마는 가끔씩 아주 작은 소리로 네, 네, 할 뿐 상대의 말만 듣고 있다. 전화를 끊었나 싶을 만큼 긴 침묵이 이어진다. 남몰래 흐르는 눈물의 선율이 데크레셴도로 잔잔해지고 다시 엄마의 목소리가 들리기 시작했다.

"아니, 괜찮아요."

내 방 바로 앞이다. 침대 속으로 급하게 몸을 말아 넣는 바람에 내 배 위에 올려놓았던 스마트폰이 방바닥으로 떨어졌다. 문틈을 빠져나갈 만큼의 소음이었다. 다행히 엄마의 탄식에 가까운 네, 네 소리가 들려올 뿐 내가 상상하는 일은 일어나지 않았다.

"그러실 필요는 없어요. 동정은 저를……."

엄마의 코맹맹이 목소리가 흐느낌으로 바뀌었다. 콧속이 간질거린다. 나는 코를 틀어막는다.

알레르기성 비염이 시작된 것은 애덤이 내 아파트로 짐을 옮긴 직후부터다. 섹스 도중에 재채기를 해댈 때도 있었다. 좁은 아파트에 두 사람이 살아서 그렇다는 결론을 내렸다. 나를 위해서도 그렇지만 보컬 전공인 애덤을 위해 더 쾌적하고 넓은 아파트로 옮길 필요가 있었다. 나는 엄마에게 전화를 했다. 심한 뉴욕의 월세난을 들먹거리며 주인이 월 300불 인상을 요구했고, 졸업 연주 때 실내악을 계획하고 있어서 연주자들을 섭외하려면 적어도 5천 불은 필요하다고 거짓말을 했다. 엄마는 흔쾌히 며칠 후 보내주겠다고 했다. 그리고는 한 달이 넘도록 돈을 보내지 않았다. 통화는 거의 매일 했지만 돈에 대한 이야기는 꺼내지 않았다. 내가 슬쩍 이야기를 꺼내면, 아 참 내 정신 좀 봐. 며칠만 기다려. 곧 보낼게. 하고는 그것으로 끝이었다. 단 한 번도 내가 요구한 금액과 날짜를 어긴 적이 없는 엄마였다. 이상하다 생각하고 있을 때 고모로부터 전화를 받았다. 아버지의 장례식장에서 만나고 거의 4년 만이었다. 용건은 간단했다. 엄마에 대한 이상한 소문이 자자하니 한국에 와서 직접 확인을 해보라는 거였다. 일주일 후 방학이 시작되자마자 나는 한국으로 왔다.

통화를 마친 엄마가 다시 집을 나선다. 현관문 닫히는 둔탁한 소리에 이어 대리석 바닥에 떨어지는 구두굽 소리가 들려온다. 나는 침대 밑에서 빠져나와 창가로 간다. 실리콘을 넣은 엄마의 젖무덤 위로 여름 햇살이 부서져 내린다. 오렌지빛으로 반짝이는 긴 머리 S컬 펌과 광대뼈까지 가려주는 선글라스가 검정 원피스와 완벽하게 조화를 이루며 엄마 나이 마흔여덟을 감추었다. 오늘은 대낮부터 왜 저런 차림인지 모르겠다. 보통 가발과 하이힐, 접으면 책 한 권만 한 원피스는 지하철역 물품 보관함에 넣었다가 늦은 밤 노래방에 들락거릴 때 꺼냈다. 낮에는 성장한 귀부인 차림으로 호텔 로비 라운지에서 정장을 한 남자들과 만나거나 단정한 차림에 묵주를 들고 재벌들의 단골이라는 병원 특실을 찾아다닌다. 목적은 금전출납부가 말해주었다. 성과가 있는 날마다 엄마는 금전출납부에 이름과 액수 그리고 날짜를 기록했다. 병원 특실에서 처음 만난 늙은 환자들에 관해서는 그들의 이름, 성별, 나이 그리고 가족 내력까지 자세하게 적어놓는다. 엄마가 다시 나에게 전화를 걸었다. 나는 2층 유리창으로 엄마의 뒷모습을 내려다보며 스크린 터치를 밀어낸다.

"오늘도 통화를 못 하나 했네. 딸, 어디야?"

유난히 생기가 넘치고 밝은 음색이다. 조금 전 코를 훌쩍거리며 '네'와 '괜찮아요'를 반복했던 사람과 동일인이라고 믿기 어렵다.

"여보세요. 수인아?"

"어디긴 아파트지. 지금이 몇 시인데."

나는 뉴욕과 한국의 열세 시간 시차를 계산해 대답했다.

"내 정신 좀 봐. 맞다. 자는 걸 깨웠구나. 쏘리. 내가 요즘 너무 깜박깜박한다니까. 병원에 정말 가봐야 하려나 봐. 어젯밤 꿈에는 내가 우리 딸을 꼬옥 끌어안고 잤거든. 그런데 꼭 생시 같은 거야."

수면제 용량이 부족해졌을까. 어젯밤 일을 인식한 것만 같아 뜨끔하다. 엄마는 매일 밤 엄마가 직접 제조한 수면제를 복용한다. 병원 처방으로 구입한 수면제와 한의원에서 사 온 한약 성분 수면제 그리고 내가 미국에서 인터넷 주문으로 세 달마다 보내주는 멜라토닌 두 알을 섞어서 와인으로 넘긴다. 복용 후 30분이 지나면 엄마는 거의 여덟 시간 동안 식물인간처럼 잠을 잔다.

"나중에 통화해요."

"잠깐만 수인아. 엄마가 오늘 만 불 보낼게."

나는 종료 버튼을 눌러버린다. 만 불. 오늘 오전 엄마의 울음 섞인 한 통의 전화가 만 불짜리였다. 엄마가 다시 전화를 걸었다. 나는 연거푸 종료 버튼을 두드리며 내 방으로 들어간다. 렌터카 직원과의 약속은 두 시간이 넘게 남았지만 이 집에서 나가고 싶다. 모자를 눌러 쓰고 현관문을 여는데 엄마의 카톡 문자가 도착한다.

— 딸. 잠 깨워 미안. 그래도 딱 한 마디만. 끼니는 최상으로 챙겨 먹어. 무엇을 먹느냐가 곧 그 사람이 누구인가라잖아. 꿈속에서 보니까 우리 딸 너무 말랐더라. 돈 더 필요하면 말하고. 사랑해 딸.

엄마의 문자를 삭제한다. 며칠간 쌓인 스팸 문자들도 지운다. 애덤이 보고 싶다. 돈의 출처를 몰랐다면 그 만 불로 행복하게 애덤의 기타를 바꿔주고 재벌 2세처럼 데이트를 즐겼을 것이다.

집 안에 불이 환하게 켜져 있다. 엄마가 잠들 때까지 기다려야 한다. 나는 다시 렌터카 안으로 들어간다. 은색 람보르기니. 예전에 엄마가 타고 다녔던 자동차와 같은 차종이다. 엄마 차는 압류당했다. 작년 날짜가 찍힌 자동차 압류 경고장이 그 상자 안에 보관되어 있다.

욕실을 제외한 집 안의 모든 전등이 꺼졌다. 엄마가 콘택트 렌즈를 빼고 잘 준비를 하고 있다는 것이다. 자동차에서 나와 나는 높은 담장에 기대고 앉는다. 담배를 꺼낸다. 불을 붙이려다가 말고 자리에서 일어선다. 성북동의 골목길엔 가로등 불빛이 밝고 CCTV도 곳곳에 설치되어 있다. 나는 가로등 불빛과 카메라의 사각지점이라고 생각되는 지점으로 자리를 옮긴 후 담뱃불을 붙인다.

안방 스탠드 불이 꺼진 지 30분이 지났다. 엄마는 혼절에 가까운 잠 속으로 빠져들었을 것이다. 나는 조심성 없이 문을 열고 현관 안으로 들어선다. 센서 등이 켜진다. 그 불빛에 엄마의 뒷모습이 드러난다. 죽은 듯 잠에 빠져 있어야 할 엄마가 팔짱을 끼고 밖을 바라보고 서 있다. 인기척을 감지하지 못한 사람처럼, 아무 일이 없는 어느 날처럼, 커튼의 한 자락 무생물같이 서 있다. 엄마의 그런 모습 때문인지 아니면 이런 발각의 순간이 올지도 모른다는 우려를 수없이 해와서인지 내 안에서도 별다른 동요가 일지 않는다. 센서 등이 꺼지자 엄마의 뒷모습이 나무 그림자처럼 어두워진다. 너겁이 물결을 타듯 출렁이는 천장의 나뭇잎 그림자만이 살아 있는 생명체처럼 느껴진다. 내가 거실 등 스위치에 손을 얹는 순간 엄마가 소리를 지른다.

"켜지 마."

내 얼굴을 차마 보고 싶지 않다는 의미일 것이다. 엄마가 외출할 때의 옷을 그대로 입고 있다. 그 정도를 알아볼 수 있는 빛은 있다. 음악도 들린다. 드뷔시의 〈달빛〉. 이런 상황에서조차 엄마는 음악을 틀어놓았다. 취향의 일종일 것이다. 천오백 원짜리 김밥을 사 먹고서도 로스터리 카페를 찾아 더치커피를 사 들고 나오는 엄마다. 취향 자체가 기생충인 건지 취향 때문에 그런 기생충에 감염된 것인지 모를 일이다. 나는 내 방으로 올라와 침대 밑으로 기어든다. 더 이상 침대 밑일 필요는 없지만 습관대로 몸이 움직였다. 갑자기 속이 메슥거리고 피로감이 밀려온다. 놈이 꿈틀거리기 시작한 모양이다.

"모레 출국이다."

형광등 스위치 소리와 동시에 침대보와 바닥 틈을 통과한 막대 모양 빛줄기가 내 몸에 가로로 박힌다. 엄마는 잠시 서 있더니 방을 나가버린다. 나는 침대 밑에서 빠져나온다. 방바닥에 여행사 봉투가 놓여 있다. 봉투를 집어 들고 거실로 내려간다. 엄마는 조금 전과 같은 자세로 테라스를 향해 팔짱을 끼고 서 있다. 나는 모든 전등을 켠다.

오래된 입주자

"이런 건 어때?"

엄마는 몸을 그대로 두고 고개만 돌린다. 나는 봉투에서 비행기 표를 꺼낸다. 봉투는 아래로 떨어뜨리고 표를 두 동강 낸다. 엄마는 입술을 포개 입 안으로 말아 넣는다.

"티켓은 얼마든지 재발급받을 수 있어."

"재발급 못 받아도 상관 없지. 아깝지도 않고. 어차피 다 남의 돈이니까. 엄마한텐 다, 공짜잖아."

팔짱을 낀 두 손에 잔뜩 힘을 주었는지 엄마의 앙상한 팔뚝에 손가락 자국이 패어 있다.

"이 세상에 공짜는 없어."

"공짜가 없다는 건 알아?"

부엌 쪽으로 걸어가는 엄마의 등에 대고 나는 다시 목청을 높인다.

"도대체 왜 그래? 그런⋯⋯, 돈으로 내가 공부하는 게 무슨 의미가 있다고!"

그런, 다음에 더러운이라는 단어를 삼켜서 그런지 목멘 소리가 나왔다.

"그럼, 이런 상황에서 네가 공부를 포기하는 것에는 무슨 의미가 있는데?"

엄마가 이를 앙다물자 마른 뺨에 길쭉한 볼우물이 파인다.

푸른 고양이

"잔인해."

"잔인? 누가, 엄마가? 잔인한 건 신이야. 자식에게 재능을 부여했으면 그 부모에게는 뒷바라지할 수 있는 능력도 같이 줬어야지."

"재능?"

나는 어이가 없어 다음 말을 잊지 못한다.

"넌 재능을 타고난 아이야. 그깟 돈이 없어서 너의 재능을 썩게 하는 것이 옳은 일이니?"

엄마의 목소리가 다시 차분해졌다. 리플리 증후군이라도 앓고 있는 것일까. 엄마는 정말로 내가 재능을 타고났다고 믿고 있는 표정이다. 엄마는 내가 다섯 살 때부터 나를 끌고 내로라하는 음대 교수들을 찾아다녔다. 피아노가 안 되니 바이올린으로, 바이올린이 아니다 싶으니까 다시 첼로로, 도저히 그것도 못 따라가니까 고3 때 실용음악 작곡과로 돌려 유학을 보냈다.

"돈은 필요한 곳에 있을 때 가치가 있는 거야. 그 사람들에게 돈은 허세를 과시하기 위한 수단일 뿐이야."

"그만해! 다 사기야. 갚을 능력도 없으면서 그 사람들에게는 왜 빌려달라고 했어?"

"사기?" 갑자기 엄마가 목소리 톤을 낮춘다.

"넌, 너무 순진하고 순수해서 이해하지 못하는 부분이 있어. 아직도 돈이 신성한 노동의 대가라고 생각하지? 봐라. 상위 1프로. 그들의 손이 노동을 안다고 생각하니? 사기는 돈이 치는 거야. 돈이 돈을 가지고,"

"그만해! 엄마는 미친 거야."

엄마의 이맛살이 짧게 찌푸려졌다가 펴진다.

"나에게 돈을 빌려줬다고 해서 그 누가 굶어 죽기라도 했니? 아니면 거리에 나앉기라도 했어? 걱정하지 마. 내 방식대로 다 갚을 거야. 지금도 갚고 있고. 그 사람들은 돈이 필요한 사람들이 아니라니까."

"돈 주인들한테도 그렇게 말했어?"

"주인? 돈에 주인이 어딨어? 돈은 쓴 사람이 주인인 거야."

나는 엄마 방으로 들어가 우편물을 모아둔 종이 상자를 가져왔다. 상자 뚜껑을 열고 거꾸로 들자 법원, 은행, 카드회사, 경찰서에서 온 등기우편물들과 돈이 될 만한 세간들에 붙여놓았던 '압류물 표시' 진홍색 종이들이 쏟아진다. 그중 한 장이 엄마의 발등 위로 떨어졌다. 모레까지 집을 비우라는 경고장이다.

"아우, 피곤해. 그럼 어쩌라고. 목숨이 붙어 있는데."

엄마의 표정이 연득없이 태연해진다.

"그만하고 자자."

엄마는 푸석거리고 숱이 형편없는 머리카락을 열 손가락으로 빗어 넘기며 부엌으로 간다. 와인 셀러에서 와인 병을 꺼낸다. 볼이 넓은 리델 와인 잔을 골라 반쯤 채운다. 스템을 세 손가락 끝으로 쥐고 투명도와 색깔을 테이스팅하듯 기울여 돌린다. 이런 상황에서 저런 행동을 하는 엄마를 구제할 방법은 역시 그 방법뿐이다. 나는 내 계획의 정당성을 확보한 기분으로 엄마를 지켜본다. 수면제를 입안에 털어 넣고 와인으로 넘긴 엄마는 반 잔쯤 남아 있는 와인을 마저 따른다. 약통에서 타이레놀 두 알을 꺼내 입안으로 털어 넣고 물을 들이켜듯 와인 잔을 비운다.

엄마가 부엌에서 안방으로 들어간 지 한 시간쯤 지났다. 나는 엄마 방으로 들어간다. 얇은 홑이불이 엄마의 호흡에 맞춰 들썩거린다. 그 작은 움직임이 없었다면 이불 아래에 엄마가 있다는 것을 알아채기 어려울 만큼 엄마의 몸이 납작하다. 내가 10개월간 기생했던 몸이라고 믿기 어려울 지경이다. 오늘 밤 엄마는 평소보다 많은 양의 수면제를 복용했다. 어젯밤 꿈이 꼭 생시 같다는 엄마의 전화를 끊자마자 나는 와인에 수면제 가루를 평소의 배가 되도록 넣어놓았다. 중간에 잠이 깨어버리거나 의식이 돌아오면 안 되기 때문이었다. 엄마의 상체를 일으켜 세운다. 온몸의 뼈가 관절에서 탈구된 것처럼 흐느적거린다. 엄마를 침대에 걸터앉게 한 후 등에 업는다. 계획보다 늦었지만 서두르면 해가 뜨기 전에 그곳에 도착할 수 있을 것이다. 엄마의 고향이기도 한 그곳에 가서 엄마를 처음으로 되돌려놓아야 한다. 나는 엄마를 업고 방에서 나온다.

거대한 산이 눈앞을 가로막았다. 어둠보다 짙은 검은 산이다. 나는 엄마를 의식하며 서서히 브레이크 페달을 밟는다. 사방을 둘러본다. 자동차 상향등이 비추는 앞쪽만 넓게 트였을 뿐 아무것도 보이지 않는다. 어이없게도 내비게이션은 목적지 주변에 도착했다는 멘트를 반복한다. 시동을 꺼버린다. 하이빔 불빛이 꺼지는 순간 02 : 55 계기판 시계의 빨간색 숫자도 사라진다. 엄마는 머리를 차창에 기댄 채 입술을 살짝 벌리고 있다. 달도, 별도 없다. 온전히 어둠뿐인데 엄마의 가늘고 성근 속눈썹까지 보인다. 어둠 속 이 빛의 존재는 무엇일까. 다시 한 번 나는 사위를 둘러본다.

구글 지도로 확인한 주소를 최종 목적지로 설정하고 내비게이션 지시대로 따라왔다. 예상한 대로라면 썰물이 만든 넓은 갯벌에 도착했어야 한다. 그런데 산이라니. 도대체 어디부터 잘못된 것인지 모르겠다. 차창을 내린다. 그래도 바다가 멀지는 않은 모양이다. 아득히 파도 소리가 들리고 비릿한 해초 냄새가 어렴풋 맡아진다. 시트를 뒤로 젖히고 몸을 기댄다. 모든 것이 꿈의 한 장면처럼 비현실적으로 느껴진다. 때를 맞추어 익숙한 통증이 찾아온다. 놈의 발작이 시작된 것이다. 이것이 꿈일 수 없음을 일깨워주려는 것이다. 디스토마 약 처방을 거절했던 의사의 말이 생각난다. 살아 있는 것에는 다 존재의 이유가 있다고 했다. 이놈의 존재 이유 따위에는 관심이 없다. 단지 왜 하필 내 뱃속이어야 하는지 모르겠다. 나는 엄마의 왼손을 끌어다 통증이 있는 내 아랫배에 올려놓는다. 그 위에 내두 손도 포개어 얹는다. 제풀에 눈이 감긴다. 졸음이 쏟아진다. 귀국하여 처음 내 방 침대 밑으로 들어갔던 날처럼 온몸에서 힘이 빠져나간다.

산이 불타고 있다. 자동차 시트에 기대었던 상체가 저절로 서졌다. 두 눈을 힘주어 감았다가 다시 떴을 때 그것은 불길이 아니라 핏빛에 가까운 돋을볕임을 깨닫는다. 거대한 산으로 보였던 먹장구름 그 너머에서 일출이 시작된 모양이다. 차에 전원을 넣는다. 자동차 라이트가 켜지고 05 : 16 숫자에 빨간불이 들어온다. 눈앞의 먹구름 타래를 산으로 착각하고 자동차를 멈추었을 때 02 : 55이었다. 아주 잠깐 눈을 감고 있었던 것 같은데 두 시간 이상이 흘렀다니. 정말로 무언가에 조종당한 기분이다. 그리고 보니 꿈도 꾸었다. 광절이 운운했던 의사가 환자의 뱃속에서 가늘고 긴 무엇인가를 끊임없이 뽑아냈다. 수술대 위에 누워 있던 사람은 나였다.

나는 밖으로 나간다. 검푸른 바다와 잿빛 구름이 수평선에서 맞닿아 있다. 3미터쯤 앞에서 바닷물이 하얀 포말을 그물처럼 던지며 밀려오고 있다. 가슴이 두방망이질을 시작했다. 주위를 살핀다. 일출이 시작된 지점을 제외한 하늘은 흑운을 두르고 낮은 자세로 바다를 내려다보고 있다. 목표했던 지점에 정확하게 도착했는데 먹구름을 산으로 착각한 거였다. 나만 뭍으로 돌아갔다면 내 계획대로 모든 것이 마무리될 수 있다. 나는 급히 차 안으로 들어온다. 지금이라도 늦지 않았다.

차창에 머리를 대고 잠든 엄마의 얼굴이 새벽빛을 받아 발그레하다. 이것이야말로 엄마를 포기한 이 나라에서 내가 엄마를 위해 할 수 있는 최선이라고 다시 한번 생각을 가다듬는다. 엄마는 20억짜리 생명보험을 가입해놓았다. 이런 순간을 기대하고 들어놓은 것이 분명하다. 엄마의 어깨에 손을 얹는다. 흔들어본다. 엄마의 고개가 자동차 앞 유리 쪽으로 느리게 이동한다. 맥없이 고개가 꺾이고 더 이상 움직이지 않는다. 나는 엄마의 안전벨트를 풀고 자동차 문을 연다. 왼발을 차 밖으로 내놓는 순간 찬물 샤워를 할 때처럼 온몸에 소름이 돋는다. 어느새 바닷물이 발등까지 차올랐다. 나는 엄마 쪽으로 달려가 자동차 문을 연다. 엄마의 겨드랑이에 두 손을 끼우고 자동차에서 끌어낸다. 두 발이 바닷물에 잠긴 상태로 운전석까지 끌려가는데도 엄마는 연극이 끝난 마리오네트같이 늘어져 있다. 엄마의 머리를 운전석 등받이에 기대어놓은 후 얼굴을 덮은 머리카락을 귀 뒤로 쓸어 넘긴다. 이 정도의 수면 상태라면 어떤 고통도 느낄 수 없을 것이다. 나는 안전벨트 줄을 뽑아 고리에 장착한다. 찰칵. 나는 자동차가 달려왔다고 짐작되는 쪽으로 무작정 달린다.

불잉걸 같던 돌올볕도 잿빛으로 사위었고 어렴풋 보이던 자동차 바큇자국도 사라졌다. 먹구름 타래만이 시시각각 형태를 달리하며 명암을 조절하고 있다. 내 심장의 두방망이질에 놀란 놈이 늑골을 부러뜨리기라도 한 걸까. 가슴께 통증이 점점 심해진다. 더 이상 달릴 수가 없다. 나는 주저앉는다. 다리를 쪼그리고 앉아 숨을 몰아쉰다. 어느새 바닷물은 발목까지 차올랐다. 자동차가 있는 곳으로 시선이 돌아간다. 아무것도 보이지 않는다. 빛으로 된 반경 1미터 부피의 반구 안에 갇혀버렸다. 왼쪽 아랫배가 집게로 꼬집어 당기듯 아프다. 나는 두 손을 포개어 통증 부위를 지그시 누른다. 바닷물이 갯벌을 핥는 소리가 점점 가까워진다. 앉아 있는데도 숨이 점점 더 가빠진다. 이대로라면 뭍에 도착하기 전에 심장부터 파열될 것만 같다.

"시방 여서 뭣 하는 거여?"

내 팔뚝을 억세게 쥔 손이 나를 일으켜 세운다. 내가 정신을 차리고 눈을 맞추기도 전에 남자는 나를 끌고 간다. 내가 남자의 손에서 벗어나려고 바동거릴수록 남자의 손길이 사나워진다. 나도 모르게 유괴당한 아이처럼 엄마를 불러댄다. 엄마. 엄마.

"엄마가 자고 있어요!"

남자가 나를 향해 돌아선다.

"뭔 소리여? 혼자가 아녀?"

"엄마가, 저기, 차 안에……."

나는 말을 끝내지 못한다. 남자의 시선이 순간 바닥을 훑는다. 어느새 종아리까지 물에 잠겨 있다. 하얀 포말이 내 맨살을 휘감는 것을 보자 진저리가 처진다. 겨드랑이까지 올라오는 장화를 신은 남자가 쥐고 있던 내 팔뚝을 놓는다.

"저쪽으로 무작정 달려. 저쪽으로. 알겠어?"

남자는 목청을 높이며 내 등을 떠민다. 남자의 물 밟는 소리가 점점 멀어지자 내 심장 뛰는 소리가 더욱 거세진다. 남자를 뒤따라 달려가고 싶지만 발이 떼어지지가 않는다.

남자가 금방 되돌아왔다. 그런데 남자 혼자다.

"우리 엄마는요?"

"지금 장난혀? 차 안에 있긴 누가 있다고 그랴?"

남자가 다시 내 손목을 움켜쥐더니 잡아끈다. 나는 남자의 완력에 끌려가며 뒤를 돌아본다. 정확하지는 않지만 은회색 람보르기니가 흐릿하게 보이는 것 같기도 하다. 남자가 그렇게 빨리 다녀올 수 있는 거리가 아니다.

"놔! 우리 엄마가 차 안에 있다고!"

"참말로 환장하겠네. 니 말이 참말이라면 니 엄마는 이미 도망친 겨."

"그럴 리가 없다고!"

내가 고함을 지르자 떼어내려고 할수록 무지막지하게 힘을 주어 끌어당기던 남자의 손이 나를 놓아버린다. 그 바람에 나는 무릎까지 차오른 바닷물 속으로 넘어진다. 가슴이 빠지고 머리가 바닷물에 닿자 전신으로 소름이 뻗어난다. 나는 잽싸게 일어선다.

"이러다간 너도 죽는다잉."

죽는다. 남자가 발설한 단어에 이빨이 달려 내 목덜미를 문 듯 나는 순간적으로 숨을 쉴 수가 없다.

"새벽부터 재수 없게. 죽을라믄 여서 죽든가."

남자는 탁성으로 쏘아 붙이고는 팽 하고 뒤돌아선다. 남자가 한 발을 떼려는 순간 나는 남자의 팔뚝을 잡는다. 남자는 뒤를 돌아다보지도 않고 걸음을 재우친다. 나는 남자의 물기 묻은 팔뚝에서 손가락이 풀리지 않도록 죽을힘을 다한다. 바닷물은 한 번 내려다볼 때마다 한 뼘씩 불어나 있다. 이제 허벅지까지 차올랐다. 나는 남자의 보폭에 맞추어 물살을 가른다. 다시 한번 차 쪽을 돌아보고 싶지만 고개를 돌리는 순간 남자로부터 내 몸이 떨어져 나갈 것만 같다. 나는 남자 곁으로 몸을 바싹 밀착시킨다.

무엇인가 뜨겁고 늘컹한 것이 내 몸속을 빠져나갔다. 생리혈이라 하기엔 무게감과 부피감이 너무 크다. 놈일 것이다. 최종숙주를 찾기 위해 놈은 중간숙주였던 나를 이곳으로 유인했고 결국 자신의 뜻이 성공적으로 이행되자 내 몸 밖으로 빠져나온 것이다. 놈은 광절열두조충이 아니었다. 중간숙주인 인간의 행동을 조절할 만큼 훨씬 교활하고 영악한 놈이다. 중간숙주에서 탈피한 놈은 이제 광활

한 세상을 떠돌며 최적의 종숙주를 만날 때까지 길고 가느다란 몸을 끊임없이 꿈틀거릴 것이다.

나는 두 팔로 남자의 굵은 허리를 휘감는다. 그러고는 아주 단단한 깍짓손을 만든다. 이 모든 것이 꿈이었으면 좋겠다는 아니, 꿈일지도 모른다고 생각을 밀어내며 남자의 넓은 보폭을 맞추는 것에 온 신경을 집중시킨다. 바닷물은 이미 가슴까지 차올랐다. ❋

푸른 고양이

겨울바람

정
신을 차   리 자
마자 나는   전화기부
터 찾았어요. 119에 신고를 하러
했죠. 코트 호주머니에 있는
전화기를 깜박하고는 거실
로, 안방으로, 마구 헤맸
어요. 그러다가 더 정신이 말
짱해지면서 얼마 전 읽은 신문기
사가 생각난 거죠. 십수 년간 남편의 폭
행에 시달리던 한 여자가 남편을 살해해요. 그날도 남
편은 만취한 상태에서 아내를 폭행하죠. 남편이 넘어진 틈을 타
아내는 마늘 빻는 절굿공이를 휘둘러요. 정신을 차리고 보니 남편이
누워 있어요. 여자는 그때 딱 한 생각만 해요. 저 남자가 깨어나면 나와
아이들은 반드시 죽는다. 입버릇처럼 자녀들과 친정 식구들을 죽이겠다
협박을 해왔으니까요. 여자는 남편이 벌떡 일어날 것만 같은 공포에 사
로잡혀요. 여자는 남편이 자신에게 휘둘렀던 허리띠를 집어 들어요.
그걸로 확실하게 마무리를 한 거죠. 변호사는 정당방위를 주장했지
만 여자는 결국 징역 7년을 선고받아요. 그 사건 이전에 이런 일이
있었대요. 한 남자가 아내를 죽였는데 징역 2년에 집행유예 3년
으로 풀려나 요, 아내를 잔혹하게 죽였거든요. 동생을 동원해
야산에 묻 고 시멘트로 붕기기까지 했죠. 그래놓고 경찰에
신고를 하 고 아내 지인들에게 전화해 찾는 척해요. 전단
지까지 돌   리고. 정말이지 용의주도하고 철두철미하게

겨울바람

부끄러워요? 괜찮아요. 원래 남편이 할 수 없을 때 아내가 대신해 주는 거예요. 건강할 때나 아플 때나 변함없는 사랑으로 서로를 돌보겠습니까. 주례자가 물었을 때 당신은 가슴을 부풀리며 크게 대답했어요. 네, 모두가 웃었죠. 당신은 내 손을 쥐고 힘을 주었어요. 신의 손을 잡은 것 같았죠. 그날 밤 당신의 손을 기억해요. 내 입술을 스쳐 가슴을 타넘고 검은 숲 가를 돌아 발끝으로 미끄러졌죠. 당신 손은 떨고 있었어요. 가늘고 유연했죠. 조금 전 내 손의 떨림, 느끼셨어요? 비누거품으로 당신의 샅을 덮을 때, 쉿. 방금 차 소리였죠. 누가 왔어요. 확인하고 올게요. 잠깐 누워 있어요. 바닥이 따뜻하니까 괜찮죠?

9번지 여자예요. 나도 당신 곁에 좀 누울게요. 여자가 갈 때까지만. 전화를 안 받는다고 집까지 찾아오다니. 그것도 모자라 울타리를 넘어 집 안까지 들어왔어요. 정말 끈질긴 여자죠. 전화를 안 받으면 그냥 무슨 사정이 있나 보다, 할 것이지. 왜 저렇게 집을 돌며 창문마다 두드리고 다니는지 모르겠어요. 그것도 소리까지 질러대면서. "은희 씨! 무슨 일 생긴 거 아니야?" 저게 무슨 뜻인지 알아요? 나의 고약한 즐거움을 위해 너에게 끔찍한 일이 생겼길 바라. 들었죠? "도움이 필요하면 말해요." 도움 같은 소리 하고 있어 정말. 당신도 타인에 대한 진정한 도움이라는 게 가능하다고 생각해요? 도움은 자기 기만으로 시작해 위선으로 끝나요. 자기가 하고 싶은 만큼만 하다 말죠. 그것도 자기 방식으로. 자동차 시동 거는 소리 들었죠? 갔나 봐요. 확인하고 올게요.

갔어요. 그럼, 하던 일 마저 할게요. 머리카락도 말렸고 속옷도 깨끗한 것으로 갈아입었으니 이제 겉옷 차례예요. 아, 참. 로션. 민달팽이 점액 같아. 흡수는 안 되지만 생각보다 끈적거림이 덜하네요. 세상에 그렇게 많은 종류의 남자 로션이 존재한다는 것이 신기했어요. 당신은 매번 다른 제품을 구매했잖아요. 냄새가 조금씩 더 강렬하고 자극적인 것으로. 어머나. 흰 눈썹 좀 봐. 마흔 넘긴 지 3년밖에 안 됐는데. 아버님을 닮았나 봐요. 아버님 처음 봤을 때가 생각나요. 환갑 전이었잖아요. 곱슬머리에 은발이었어요. 테가 가늘고 렌즈가 큰 색안경을 끼고 있었죠. 세련된 분위기였어요. 미학과 교수라는 직함에 잘 어울렸죠. 그에 걸맞은 친절과 예의로 며느리를 대했어요. 며느리에게는 괜찮은 시아버지였죠. 우리가 결혼하고 1년도 되지 않아 사망한 것 말고는. 덕분에 당신 어머니한테 제대로 원망을 들었잖아요. 사람이 잘못 들어 그렇게 됐다고. 심리적 이상 현상쯤으로 생각했어요. 남편과의 사별의 고통을 며느리에 대한 원망으로 위장하려는 뭐 그런 거.

아버님 사망 며칠 후 당신과 어머니가 하는 말을 들었어요. 엄마가 원하던 세상이 됐잖아요. 그러니까 이제 맘대로 살라고요. 당신의 목소리는 사납고 거칠었어요. 인상적이었죠. 매우 상반된 태도였거든요. 아버님 앞에서는 지나치게 복종적이고 늘 기죽은 모습이었잖아요. 어머니가 대답했죠. 새장을 탈출한 새가 왜 바로 죽는지 아니? 정말로, 내가 이런 걸 원했다고 생각해? 격분에 찬 목소리였어요. 그러고는 2개월 후쯤 어머니도 아버님을 따라 가버렸잖아요. 잊고 있었는데 이상하게도 얼마 전부터 자꾸 어머니가 생각나요. 궁금해요. 어머니를 감금했던 새장의 실체가 무엇인지. 혹시 나의 새장과 동일한 것은 아니었는지. 당신은 알죠?

오늘은 초크스트라이프 셔츠로 입혀드릴게요. 옅은 회색 바탕에 흰 분필로 선을 그린 것 같은 줄무늬 셔츠. 이제야 상표를 떼네요. 생일선물이었잖아요. 당신이 좋아할 줄 알았는데. 우린 정말 취향이 달랐어요. 나는 무엇이든 당신의 스타일에 맞추고 싶었죠. 문제는 아무리 노력해도 당신의 구미를 만족시킬 수가 없다는 거였어요. 결국 취향의 문제가 아니었던 거죠. 당신은 그냥 싫었던 거예요. 내가 선택한 모든 것이. 갑자기 울컥해요. 이게 당신을 위한 마지막 와이셔츠라니. 당신은 내 손으로 빨고 다림질한 와이셔츠를 고집했죠. 소매에 주름을 잡지 않고 어깨 봉제선 주위를 말끔하게 펴는 게 어려웠어요. 몰래 세탁소에 맡겼다가 당신에게 들통이 났던 날이 생각나요. 당신이 어떻게 했는지 기억하죠? 나를 친정에 보냈잖아요. 그 밤에. 다시 배워 오라고. 친정엄마에게는 또 얼마나 꾸지람을 들었던지. 남편이 나가란다고 집 나오는 멍청이가 어딨냐고. 어떤 경우에도 결혼한 여자는 안방을 떠나면 안 된다고. 엄마는 내 등을 떠밀었어요. 그 새벽에 말이죠. 덕분에 나는 다림질의 달인이 되었어요. 안방도 사수하고 있고. 그나저나 일주일에 다섯 개씩 14년이니까 도대체 몇 장이에요. 그런데 나는 다리미에 열이 올라가면 아직도 긴장을 한다니까요.

넥타이와 브이넥 셔츠는, 그래요 이 정도는 당신이 원하는 것으로 해줄게요. 이거 맘에 들죠? 잠시 팔 좀 의자에 올려놓을게요. 개인 강습을 받으며 근력 운동을 하더니 효과가 좋았네요. 당신의 팔뚝이 이렇게 근육질인 줄 몰랐어요. 이 넥타이와 셔츠, 그 여자가 선물한 거 맞죠. 카드를 읽었거든요. 포장지랑 카드를 하나로 구겨 당신이 쓰레기통에 넣었잖아요. 몰래 읽었다고 할 수가 없는 거죠. 여자의 손글씨가 참 귀여웠어요. 별사탕체를 흉내 낸 글씨였어요. '사랑하는 명상 씨에게'를 읽을 때는 괜찮았어요. 그런데 '그래도 제가 있으니 힘내요'라는 마지막 문장이 제 기분을 묘하게 만들었어요. 그 여자에게 뺨을 맞은 기분이랄까. 어머나, 미안해요. 의도적인 것은 아니었어요. 소매 끝에 걸린 당신 손가락을 빼내느라 머리에 신경을 못 썼을 뿐이에요. 그래도 침대 덕분에 머리를 바닥에 찧진 않았어요. 안 되겠어요. 모자를 쓰는 게 낫겠어요. 시훈이 방에 모자가 있을 거예요. 잠깐만요.

이렇게 비니를 눌러쓰니까 시훈이 같아. 정말 닮았어요. 안타깝네요. 시훈이가 당신 닮은 데가 없다며 친자확인 유전자 검사까지 했잖아요. 이렇게 모자를 씌워볼걸. 둘이 얼마나 판박인지 단박에 알아봤을 건데. 당신의 머리카락은 굵고 뻣뻣하죠. 아버지 닮아 곱슬머리고. 시훈이는 나를 닮았어요. 가늘고 갈색을 띠잖아요. 당신의 이마는 좁은 편이에요. 눈썹은 반 뚝 잘라놓은 궁서체 가로획 같고. 그런데 시훈이 이마는 도도록하면서 넓어요. 눈썹도 강아지풀같이 도톰하면서 살짝 아래로 내려왔죠. 그러니까 머리카락과 이마와 눈썹만 달랐던 거예요. 비니로 그 셋을 가리니 완전히 같아요.

당신 눈에는 왜 그렇게 다른 점만 보였을까요. 당신이 아픈 거라고 생각했어요. 아내의 세심한 배려와 사랑으로 치료될 수 있는 인격 장애쯤으로 착각했던 거예요. 이제 다 지난 일이죠. 외투 입혀줄게요. 낙타색 캐시미어 롱 코트. 여기 좀 보세요. 흐릿하지만 이렇게 안전벨트 자국이 분명하게 새겨져 있잖아요. 왼쪽 어깨에서 오른쪽 허리께로. 운전은 당신이 한 거죠.

사실, 3일 전 당신이 세미나를 간다고 했을 때 그 여자와 함께 간다는 것을 알았어요. 그 전날 밤 카톡을 읽었거든요. 당신 스마트폰의 비밀번호를 푼 게 아니에요. 카카오톡 문자 도착 알림과 함께 한두 문장 정도가 자동으로 뜨잖아요. '챙겼지 그거?' 정말 궁금했어요. 여자가 무엇을 챙기라 한 건지. 그리고 당신은 그것을 챙겼는지. 그날따라 당신은 소파에서 잠이 들었어요. 나는 당신 방으로 가 캐리어를 열었죠. 한눈에 알아봤어요. 검은색 시스루 슬립. 어찌나 놀랐는지. 내 것을 챙긴 줄 알았다니까요. 신혼여행지에서의 첫날 밤, 당신은 이불 위에 레이스 슬립을 펼쳐놓고 내가 욕실에서 나오기를 기다렸잖아요. 십수 년이 지나도 취향이 변하지 않았음을 확인하자 좀 우습기도 했어요. 모든 것이 변한다고 하잖아요. 틀렸어요. 죽는 날까지 변하지 않는 것도 있어요. 슬립 안에 있던 콘돔을 발견했을 때 아주 잠깐 헷갈렸어요. 그녀가 챙기라는 것이 슬립인지 콘돔인지. 아무튼 나는 슬립 위에 콘돔을 올려놓고 사진을 찍었어요. 좋은 증거물이잖아요.

다 됐어요. 이제 나가기만 하면 돼요. 좀 업을게요. 걱정 마세요. 당신보다 10킬로그램은 더 나갈걸요. 오늘을 위해 비축한 살은 아니지만 이렇게라도 쓸모가 있어 다행이에요. 탐식증은 당신과의 이혼을 결심한 이후 시작됐어요. 증거물을 확보할 때마다 어찌나 식욕이 왕성해지는지. 당신이 내 몸무게의 변화에 대해 반응을 보인건 지난달이었어요. 이맛살을 심하게 구기며 내 가슴을 노려봤죠. 한참을. 그것도 아무 말 없이. 단추를 채운 스웨터 앞자락이 줄줄이 소시지 모양으로 벌어져 있었어요. 브래지어 끈에 쪼여 겨드랑이살은 밑가슴살과 닿아 있었고. 그런데 당신, 생각보다 무게감이 없네요. 당신 혈관에는 액체 중금속 같은 게 흐르고 있을 것 같았거든요. 현관문 열게요. 아휴, 추워라. 무슨 눈이 도깨비바늘처럼 얼굴에 달라붙어요. 얼음을 갈아 막 뿌려대도 이 정도는 아니겠어요. 참지겨워요. 이 도시의 겨울바람.

자, 마지막으로 둘러보세요. 당신이 아끼던 집이잖아요. 터를 고르고 원하는 대로 설계를 하고, 가구는 물론 주방 싱크대부터 용품까지 직접 선택했잖아요. 드레스 룸과 허드레 살림살이를 넣어둘 공간만 있으면 그런대로 괜찮은 집이에요. 무엇보다 외딴곳이잖아요. 당신이 들어오지 않는 날이면 정말 무서웠어요. 물론 처음에요. 언젠가부터는 당신이 외박을 해야 무섭지가 않았죠. 지금은 우리의 사생활이 담을 타 넘어도 도달할 이웃집이 없다는 게 심리적인 안정이 될 정도예요. 아, 신발. 깜박했어요. 그래요. 차에 태워드린 후 다시 와 가져가는 것이 낫겠어요.

당신, 이렇게 집 밖에서 우리 집을 감상한 적 있어요? 나는 처음이에요. 안에서는 커튼 틈으로 집 밖을 살폈고 집 밖에서는 안으로 들어가기 급급했어요. 눈옷을 입고 있어서 그럴까요. 내가 살고 있는 집 같지가 않아요. 입체감도 없고. 흑백사진을 보는 것 같기도 하고 연필로 그려놓은 밑그림을 보는 것 같기도 하고. 무엇보다 당신을 업고 눈보라를 맞으며 이렇게 서 있는 자체가 비현실적이에요. 그래요. 어서 차로 가요. 여기까지 오느라 얼마나 고단했는데요. 비현실이면 안 되잖아요. 내 정신 좀 봐. 자동차 열쇠도 안 가져왔어요. 미안해요. 바닥이 너무 미끄러워요. 당신을 업고 갔다 오면 시간이 배로 걸려요. 얼른 다녀올게요. 여기 앉아서 좀 기다려요. 이상해요. 당신을 바닥에 내려놓을 때 내 정신도 빠져나갔나 봐. 왜 이렇게 미끄러지죠.

자동차 키가 어딨더라. 아까 사고 현장에서 돌아와서, 그러고는 열쇠를⋯⋯. 아, 그렇지. 생각났어요. 코트. 아까 입었던 그 벤치코트 호주머니 속에 열쇠가 있을 거예요. 그러고 보니 내가 겉옷도 안 걸쳤네요. 코트는 또 어디에 벗어놨더라. 소파에도 없고. 안방에도 없네. 맞다. 부엌. 식탁 의자에 걸쳐놨어요. 다행히 코트는 깨끗해요. 한 방울도 튀지 않았어요. 어서 일을 마치고 돌아와 뒤처리를 해야 하는데 말이죠. 굳어지면 일거리가 두 배가 될 건데.

내 정신 좀 봐. 당신 신발을 또 깜박할 뻔했어요. 아까 신었던 갈색 구두는 눈에 젖어 얼룩덜룩해요. 이게 좋겠어요. 나는 등산화를 신는 게 낫겠죠. 사고 지점으로 내려갔다가 다시 올라와야 하니까. 사고 직후 당신이 전화를 했잖아요. 나 좀 도와줘야겠어. 기분이 정말 이상했어요. 곤경에 빠졌을 때 나를 찾은 거잖아요. 힘든 상황에서 떠오른 사람이 가장 가깝고 소중한 사람 아닌가요. 어찌 됐든 당신에게 내가 그런 존재일 수 있구나, 생각이 든 거죠. 내가 이혼 준비를 하고 있다는 것이 마치 배신 행위처럼 느껴지기까지 했어요. 물론 아주 잠깐 동안요.

증거가 될 만한 것들을 모으기 시작한 것은 꽤 됐어요. 거의 1년이 다 되어가니까요. 3일 전 현관문을 나서는 당신에게 어디로 가세요, 물었잖아요. 그것도 계산된 거였어요. 사실 당신에게 나는 그림자와 같은 존재였잖아요. 빛을 가린 물체의 실존을 증명할 뿐인 그림자. 당신의 요구에만 충실할 뿐 나의 욕구나 필요는 절대 표현되면 안 되는 거였죠. 그런 내가 어디로 가냐, 물은 것은 무단 장기 외박이 이혼의 사유가 되는데 내가 관심 자체를 표현하지 않는 것은 유리하지 않다고 했어요. 녹음도 하고 싶었어요. 그런데 녹음이란 단어만 떠올려도 가슴이 두근거렸어요. 얼굴이 달아오르고. 만에 하나 당신에게 들키기라도 하면……. 아무튼 그런 상황에서 당신의 도와달라는 전화를 받았으니 잠시 혼란스러울 만도 해요. 내가 당신을 도와 이번 위기를 모면하게 되면 앞으로 우리의 관계가 개선될 수 있을까. 매번 했던 질문을 다시 던져보기도 했어요. 착각도 습관이 될 수 있나 봐요. 당신이 나에게 사고 지점으로 오라고 한 것은 단지 당신의 범죄를 은폐하기 위해서였잖아요. 그런 일에 나보다 적격인 사람은 없다고 믿었겠죠.

그새 몸이 얼었네요. 키를 찾느라 시간을 좀 끌었더니. 자동차 안으로 들어갈게요. 하나 둘 셋, 흡. 이상하다. 아까는 아니었는데 왜 이렇게 무겁죠. 휴, 됐어요. 이제 두 발을 차 안으로 넣고 신발을 신고. 안전띠 매고, 문 닫을게요. 비니도 벗고. 당신 머리카락 눌리는 걸 끔찍하게 싫어하잖아요. 3일 전 내가 언제 와요, 물었을 때 당신 뭐라고 했죠? 언제? 언제긴. 오는 날이 오는 날이지. 자꾸 따져 물을래? 차라리 고함을 지르면 덜 소름이 끼쳤을까요. 무슨 절치부심의 원한을 품은 사람처럼 이를 앙 문 채 당신이 낼 수 있는 가장 낮은 음으로 말했어요. 손가락을 이용해 머리카락을 위로 세우면서. 그날 아침 당신의 자동차가 아랫마을을 빠져나가는 것을 보면서 나는 처음으로 당신 차가 반대 방향으로 달려오는 일이 없기를 바랐어요. 그러니 내가 얼마나 섬뜩했겠어요. 교통사고가 났다는 전화를 받았을 때.

출발할게요. 이렇게 미친 듯 눈이 내리고 바닥이 완전 빙판일 때는 사륜구동이 최고예요. RV 차에 체인까지 감았으니 천하무적이죠. 미끄럼 없이 출발하는 것 좀 보세요. 라디오도 켤까요. 어머나 세상에. 이런 우연이. 당신이 신청곡을 넣은 거 아니에요? 쇼팽의 〈겨울바람〉. 우리가 처음으로 데이트를 시작했던 날 레스토랑에서 들었잖아요. 당신은 3년 넘게 나에게 편지를 보냈죠. 내가 다른 남자를 만나는 줄 알면서도. 답장 한 번 받지 못했으면서도 말이죠. 유치한 표현들이었지만 진정성에는 의심할 여지가 없었어요. 당신의 데이트 신청에 내가 처음으로 응했던 날 당신은 이 곡이 담긴 CD를 가져왔어요. 부탁받은 카페 주인이 CD를 틀자 당신은 한 곡 한 곡 설명을 해줬죠. 바로 이 곡, 〈겨울바람〉이 흐르자 당신은 잠시 말을 멈췄어요. 연극배우 같았죠. 그날도 오늘처럼 하루 종일 눈이 내렸잖아요.

지금 흐르는 곡, 혹시 좋아하십니까? 〈겨울바람〉. 쇼팽이 보진스키와 헤어졌을 때 이 곡을 만들었다고 해요. 절망과 비탄의 늪에서 이런 곡을 만들었다는 얘깁니다. 게다가 그즈음 폐결핵까지 앓고 있었거든요. 저는 왜 제목을 겨울바람이라고 붙였을까 생각을 해봤습니다. 어쩌면 말입니다. 쇼팽은 죽을 마음으로 호수로 갔던 것

입니다. 막상 호수 앞에 서니 보진스키와 나눴던 격정의 순간들이 사무치게 떠올랐던 겁니다. 시작 부분의 서정적인 선율을 들어보세요. 그렇게밖에 설명이 안 돼요. 거칠게 휘몰아치는 칼바람을 타고 가슴에 차오르는 선율 때문에 도저히 호수에 뛰어들 수가 없었던 겁니다. 오히려 옷깃을 세우게 된 거죠. 혼란스럽고 어두운 심경을 겨울바람에 실려 보내고 다시 세상을 견뎌내겠노라는 결연한 의지를 갖게 된 겁니다. 돌아와 이 폭풍 같은 선율을 오선지에 옮기고 이름을 겨울바람이라 붙인 거죠. 어때요, 저의 상상?

당신 옆모습은 똑같네요. 그 말을 할 때와. 그러니까, 14년 전이랑 말이에요. 그때는 어찌나 매력적으로 들리던지. 앗, 깜짝이야. 미안해요. 빈 차인 줄 알았어요. 그런데 운전석에 9번지 여자가 있어요. 이런 날 어딜 가는지. 설마 나를 미행하려는 것은 아닐 테고. 여기서 좀 섰다가 저 여자 차부터 보내고 갈게요. 그날 이후 난 저 차만 봐도 급브레이크를 밟게 돼요. 1킬로미터도 더 떨어졌잖아요, 9번지 여자 집이랑. 그런데도 새 이웃이 생겼다며 하루가 멀다고 찾아왔어요. 채소랑 앵두 같은 것을 들고. 서로 돕고 살자, 친언니처럼 생각해라, 하면서. 그 말을 곧이곧대로 믿은 건 아니에요. 그런데 그날은 내가 왜 그랬는지 모르겠어요. 아주 상세 묘사로 당신과의 상황을 털어놓았다니까요. 내 얘기가 끝나기 무섭게 저 여자가 한 말이 뭔 줄 아세요? 손바닥이 혼자 소리 내는 거 봤어? 제일 멍청한 여자가 어떤 여잔 줄 알아? 한 대 쥐어터지고 왜 때리냐 바락바락 덤비다가 맞을 만큼보다 더 맞는 여자야. 남자 신경 깔짝깔짝 건드려봐. 손 안 올리는 남자 있는가. 그 꼴을 당하기 전에 피해야지. 그게 지혜라니까. 목에 핏대를 세워가며 목청을 높이는데 정말…… 그 후로 다시는 여자에게 우리 얘기를 털어놓지 않았어요. 그런데도 여자는 툭하면 왔죠. 와서는 터무니없는 말들을 늘어놨어요. 여자는 늘 그런 일이 우리 사이에 벌어지고 있다는 것을 간파하고 있는 것 같았어요. 누구 덕분에 사모님 소리 듣는지 잘 생각해봐. 조금 있으면 마흔이잖아. 그 나이 여자가 어디 가서 뭔 일을 할수 있겠어. 뻔하지 뭐. 남자는 늙어 힘 빠지면 다 조강지처에게 돌아오는 법이야. 세월 금방 간다. 한 말 한 말이 역겨웠어요. 그때까지만 해도 난 당신을 떠나고 싶지 않았어요. 그저 우리의 관계를 회복시키고 싶었죠.

9번지 여자가 왜 저기 서 있지. 설마 우리를 기다리고 있는 건 아니겠죠? 그럼 그렇지. 9번지 여자 출발했어요. 우리도 출발. 하필 우회전하네요. 그럼 우리는 좌회전. 좀 돌아가긴 하지만 괜찮아요. 3일 전 당신 출발하고 바로 9번지 여자가 왔었어요. 콧구멍을 화통처럼 벌름대며 꼬치꼬치 캐묻지 뭐예요. 난 한마디도 하지 않았죠. 여자가 약이 올랐나 봐요. 시훈 엄마 많이 변했다. 아무리 그래도 멍청한 생각 하면 안 돼. 절대로. '멍청한 생각'이 도대체 무슨 뜻인지. 이상한 말을 하지 뭐예요. 허그까지 하면서. 난 늘 은희 씨 편인 거 알지? 마지막 그 말에 하마터면 코웃음이 터질 뻔했어요. 그런다고 넘어갈 내가 아니거든요.

당신도 내가 멍청하다고 생각하죠? 툭하면 답답해 못 살겠다, 너가 그렇게 하니 내가 이렇게 하는 거 아니냐, 사사건건 내 탓을 했잖아요. 결혼 전에는 나의 고요함이 당신에게 휴식이 된다고 해놓고는. 말수가 적고 차분한 내가 오히려 당신을 흥분시킨다고 했었잖아요. 당신 참 고약하게 변했어요. 처음엔 당신을 사랑해서 버틸 수 있었어요. 그다음엔 시훈이를 위해서 견뎠고. 그러고는 엄마 살아 계실 때까지만 했어요. 서른 중반이 넘자 두려웠어요. 9번지 여자 말대로 경제적으로 독립할 엄두가 나지 않았어요. 10년 넘게 전공과 무관한 생활을 해왔잖아요. 막막했어요. 무엇보다 익숙해진 불행에서 빠져나가봤자 낯선 불행일지 모른다는 두려움이 컸어요. 종교의 도움을 받아보고도 싶었죠. 9번지 여자가 교회 권사잖아요. 그러더군요. 죄 없는 예수는 은희 씨를 위해 십자가를 졌는데 남편 하나 용서 못 하겠어. 용서라……. 말로는 가능해요. 쉽죠. 물론 당신이 보이지 않는 곳에서만. 그러나 실제 현장에 있어봐요. 절에도 가봤죠. 전생의 업이 커서 그렇다고 했어요. 전생에 내가 당신의 목숨을 빼앗았거나 모질게 핍박을 했을 수도 있대요. 부지런히 공덕을 쌓으면 윤회를 끝낼 수 있다, 뭐 그런 식이었어요. 어머나 놀래라. 9번지 여자 얘기 그만해야겠어요. 검은색 세단만 보이면 다 9번지 여자 차로 보여요.

눈발 굵어지는 것 좀 보세요. 저기 좀 봐요. 삼중추돌이네요. 눈이 오면 교통사고 위험률이 높아지잖아요. 그걸 알면서도 사람들은 운전을 해요. 사고가 날 확률에서 자신을 제외시키는 거죠. 저렇게 사고를 당해본 후에야 이 세상의 불행에 자신이 예외가 아니었음을 인정하게 돼요. 나도 우리에게 이런 날이 닥칠 줄 몰랐어요. 생각해보면 가능성이 높았어요. 그런데 그 확률에 나를 포함시키지 않았던 거죠. 당신은 어땠어요? 단 한 번이라도 이런 날을 상상해본 적이 있어요? 당신은 용의주도하고 능수능란한 사람이죠. 주먹의 강도 조절에도 완벽할 만큼. 그래서 이런 일이 발생하리라고는 단연코 생각해본 적 없었을 거예요. 나란 여자는 그저 당신 발치의 그림자거나 스스로 벗어날 수 없는 존재, 그러니까 당신의 굳은살 정도로 여겼을 테니까요. 모든 사건사고에는 예외가 없다는 것을 모를 당신이 아닌데 말이죠.

다 왔어요. 저기 보이죠. 가로수 한 그루가 이 빠진 듯 사라졌잖아요. 오전에도 저 은행나무가 쓰러지지 않았다면 사고 현장을 찾아내지 못했을 거예요. 당신이 멀쩡했던 걸 보면 조수석 쪽에서 받은 것이 분명해요. 저런 나무를 쓰러뜨릴 정도니 아스팔트에 스키드 마크도 선명하게 남아 있을 텐데. 지금은 눈이 모든 것을 감쪽같이 지워버렸지만 눈이 녹고 나면 다 드러나겠죠. 차를 세울게요. 중앙분리선은 물론이고 연석의 경계도 분명하지 않아요. 오가는 차량도 없으니 대충 세워도 되겠어요. 비상등은 켜는 것이 낫겠죠. 아니, 혹시라도 오지랖 넓은 운전자가 지나가다가 무슨 일이 있나 내려서 확인할 수 있어요. 폭설로 운전을 포기하고 간 것처럼 삐딱하게 주차할게요. 아까 당신 데리러 왔을 때 말이에요. 트럭 한 대가 지나가면서 나를 향해 어찌나 경적을 눌러대던지. 내가 무단횡단을 하다가 중앙선 근처에서 미끄러져 넘어졌거든요. 무엇에 홀린 듯 정신이 없었어요. 일어설 수가 없더라고요. 트럭 운전자는 내리막길인데도 저만치에 차를 세우고 올라오더라니까요. 내가 일어나 괜찮다고, 아무 일 없다고 소리를 지르면서 다시 자동차로 돌아가는 척을 하니까 그제야 차로 돌아갔어요.

당신, 그 운전사가 눌러대는 경적 소리 듣고 내가 도착한 줄 알았죠? 급하게 비탈길을 올라오는 당신의 모습이 불사조처럼 보였어요. 한 손에는 여행 가방을 들고 있었죠. 자꾸 미끄러졌지만 끝내 넘어지지 않았어요. 미끄러지려는 순간마다 죽은 풀을 잡고 중심을 잡았죠. 코피가 흐르고 있었지만 당신 얼굴에는 상처 하나 없었어요. 물론 구레나룻이 응고된 피로 범벅된 것을 보고 머릿속에도 상처가 있음을 예측했죠. 그래도 당신의 모습은 놀랍도록 무사했어요. 나는 당신 자동차가 있는 곳으로 내려가 보고 싶었어요. 그런 나를 당신은 다짜고짜 끌어다 조수석에 앉혔죠. 그러고는 자동차 열쇠를 빼앗아 곧장 집 쪽으로 달렸어요.

집에 도착할 때까지 당신은 한마디도 하지 않았어요. 대문을 열자마자 당신은 보일러실로 달려갔어요. 여행 가방을 그 안에 집어던졌죠. 절대 손대지 마. 당신은 그 한마디를 하고는 방으로 들어갔어요. 당신을 따라 들어갔죠. 이거 지금 당장 담 밑에 묻어. 당신은 코트를 벗어 던지며 명령했어요. 흥분과 긴장으로 목청까지 높였어요. 그때까지도 나는 도무지 무슨 일이 있는 건지 감을 잡을 수가 없었어요. 그저 저 가방 안에는 아직도 여자의 시스루 슬립과 콘돔이 들어 있을까, 여자는 집으로 돌려보냈나, 그런데 이 코트는 왜 땅에 묻혀야 할까, 등등의 엉뚱한 생각을 하고 있었어요. 당신은 멍하게 서 있는 나의 어깨를 돌려세웠어요. 그러고는 또박또박 용건을 말했죠. 아주 낮은 음성으로. 교통사고를 당했다고 했지. 운전한 사람이 죽었어. 안전벨트를 안 했지 뭐야. 재수가 없으려니까. 내년에 재임용 평가 있는 거 알지? 당신이 운전한 것으로 해야겠어. 김 선생 우리 과 외부 강사야. 구설수에 올라 좋을 게 하나도 없어. 조사받느라 여기저기 불려 다닐 시간도 없고. 김 선생이 우리 집에도 놀러 올 정도로 당신과도 좋은 관계였다고 하면 의심할 사람은 없어. 나한테 탈이 생기면 우리 가족 전체가 데미지를 입게 되잖아. 알지? 조기유학이라고 보내놓고 시훈이 학비랑 생활비, 어떻게 할거야. 빨리 옷 갈아입어. 그러니까……. 당신은 말을 멈췄죠. 아마도 내가 나도 모르게 인상을 썼던 모양이에요. 당신이 가장 경멸하는 표정을 지었던 거죠. 당신은 주먹을 귀 높이까지 올렸다가 내렸어요. 당신은 내 두 어깨를 쥐고 흔들었어요. 알았지. 알았어? 당신이 고함을 지르는데도 내 귀에는 아무 소리가 들리지 않았어요. 당신이 내 어깨를 흔드니까 내 고개가 저절로 끄덕거렸을 뿐인데 당신은 그것이 승낙인 줄 알았던 모양이에요. 하긴 살면서 단 한 번도 당신의 명령에 대해 거역하거나 이의를 제기한 적이 없었으니까. 그러니 당신은 당신 맘대로 내 대답을 결정했던 거예요. 늘 그랬던 것처럼.

당신은 옷장에서 다른 코트를 찾아 입고 나왔어요. 그러고는 부엌으로 갔죠. 냉장고 워터 디스펜서에서 얼음물을 받아 마셨어요. 그러더니 냉장고 안에서 반찬통을 꺼내 소리가 나게 식탁 위에 올려놓았어요. 밥솥에서 밥을 펐어요. 당신은 걸신들린 사람처럼 밥을 먹었잖아요. 당신이 직접 냉장고에서 무엇인가를 꺼내 먹은 건 처음이었어요. 하긴 당신은 냉장고에 들어갔던 음식은 입에 대지도 않았죠. 밥을 먹는 당신의 눈알이 갑자기 희번덕 나를 향했어요. 빨리 안 묻고 뭐 해? 씹다 만 음식물이 입 안 가득했지만 한 점도 튀지 않았어요. 입술을 거의 오므린 채 소리만 내뱉었으니까요. 그 순간 내 입에서 어떻게 그런 대답이 나왔는지 지금 생각해도 신기해요. "네가 직접 해. 운전을 누가 했다고? 여자가?" 당신은 눈 깜박할 새도 없이 국 냄비를 집어 들었어요. 그다음엔 나도 내 정신 아니었어요.

우비 입혀줄게요. 안전띠를 풀고, 당신 쪽으로 가서 입히는 것이 낫겠어요. 내 것이라 당신에게는 너무 크네요. 오히려 잘됐어요. 제대로 당신 몸을 감쌀 수 있어요. 이제 내릴게요. 일단 업히세요. 무슨 눈송이가 벌레 떼처럼 보여요. 정말 무자비하게 내리네요. 우비에 눈이 녹아 자꾸 손이 미끄러져요. 당신을 업고 저 밑까지 내려갈 수 있을지 모르겠어요. 내리막길인데도 숨이 차요. 안 되겠어요. 너무 미끄러워요. 아예 끌고 가는 게 빠르겠어요. 머리채 좀 잡을게요. 눈에 젖어도 할 수 없어요. 2, 3일 후 발견될 테니 큰 의심을 사지는 않을 거예요. 고수머리에 적당한 길이라 손가락에 감기는 느낌이 괜찮아요. 이래서 당신도 이 방법으로 나를 끌고 다녔나 봐요. 이 쓰러진 은행나무 앙상한 가지 좀 보세요. 은행알이 달려 있어요. 과육이 다 말라비틀어진 채로. 꼭 죽은 엄마의 젖을 빨다 죽어간 아이 같아. 열매든 꽃이든 사람이든, 제때 떨어져 나가야 덜 흉해요. 나도 당신이란 가지에 너무 오랫동안 매달려 있었어요.

정신을 차리자마자 나는 전화기부터 찾았어요. 119에 신고를 하려했죠. 코트 호주머니에 있는 전화기를 깜박하고는 거실로, 안방으로, 마구 헤맸어요. 그러다가 더 정신이 말짱해지면서 얼마 전 읽은 신문기사가 생각난 거죠. 십수 년간 남편의 폭행에 시달리던 한 여자가 남편을 살해해요. 그날도 남편은 만취한 상태에서 아내를 폭행하죠. 남편이 넘어진 틈을 타 아내는 마늘 빻는 절굿공이를 휘둘러요. 정신을 차리고 보니 남편이 누워 있어요. 여자는 그때 딱 한 생각만 해요. 저 남자가 깨어나면 나와 아이들은 반드시 죽는다. 입버릇처럼 자녀들과 친정 식구들을 죽이겠다 협박을 해왔으니까요. 여자는 남편이 벌떡 일어날 것만 같은 공포에 사로잡혀요. 여자는 남편이 자신에게 휘둘렀던 허리띠를 집어 들어요. 그걸로 확실하게 마무리를 한 거죠. 변호사는 정당방위를 주장했지만 여자는 결국 징역 7년을 선고받아요.

그 사건 이전에 이런 일이 있었대요.

한 남자가 아내를 죽였는데 징역 2년에 집행유예 3년으로 풀려나요. 아내를 잔혹하게 죽였거든요. 동생을 동원해 야산에 묻고 시멘트로 봉하기까지 했죠. 그래놓고 경찰에 신고를 하고 아내 지인들에게 전화해 찾는 척해요. 전단지까지 돌리고. 정말이지 용의주도하고 철두철미하게 완전범죄를 도모했던 남자였어요. 그런데도 집행유예로 풀려난 거예요. 죽은 여자의 친부가 돈을 받고 합의를 해준 거죠. 십수 년간 폭력을 당해오다가 생명의 위협을 느끼는 상황에서의 우발적인 사고였고 다분히 정당방위에 해당되는데도 7년을 선고받은 여자와 아주 대조가 되는 판결이잖아요. 말이 돼요? 오히려 오랫동안 폭행을 당해온 여자는 정당방위 성립이 안 된대요. 맞는 동안 내면에 살의가 쌓여왔기 때문에.

10년이 지나도 바뀐 것이 없었어요. 물론 형식이나 절차는 많이 달라졌어요. 그러나 다 벗기고 나면 내용물은 거의 변하지 않은 거죠. 경찰을 부른 적이 있잖아요. 경찰에게 대문을 열어준 것은 당신이었어요. 당신은 명함부터 그들에게 내밀었죠. 아내가 술이 좀 과했나 봅니다. 그래도 후주는 없는 사람인데. 그 한마디에 경찰은 가버렸어요. 신고한 여자를 확인도 하지 않고. 경찰차 굴러가는 바퀴 소리가 완전히 사라진 후 당신이 안방으로 들어왔어요. 개복숭아 나뭇가지를 꺾어서. 당신의 손이 부들거렸어요. '9'를 누르려는 순간 그날의 당신 손이 떠올랐어요. 아주 생생하게. 시훈이 얼굴이 겹쳐졌죠. 전화기 전원을 꺼버렸어요.

출국하던 날 공항에서 시훈이가 그랬어요. 난 엄마처럼 안 살 거예요. 만으로 열두 살도 안 된 아이가 말이죠. 그 순간 이혼을 결심했던 것 같아요. 그리고……, 어머나 놀래라. 이게, 뭐야. 아니, 이 여자가 왜 여기에……. 여자가 안전벨트 착용을 안 했다더니. 여기까지 튕겨져 나왔네요. 얼른 가요. 심장이 밖으로 튀어나올 것 같아요. 숨을 쉴수록 숨이 막히네요. 잠깐 앉아야겠어요. 다리가 후들거려 걸을 수가 없어요. 혹시 이게 꿈은 아닌 거죠?

아까 부엌에서 놀랐죠? 나도 놀랐어요. 내가 처음으로 그런 도 끼눈을 뜨고 당신에게 대들었으니까. 그런데 당신이 놀라 멈칫하 는 모습이 나를 부추긴 거 알아요? 폭력에 저항이 없다면 폭력은 계 속된다는 말이 떠올랐어요. 결국 저항을 포기했던 내 책임도 있었 던 거죠. 당신이 당황하는 표정을 보자 나도 모르게 고함이 터지더 라니까요. 네가 사람이니? 너랑 몸을 섞은 지 하루가 채 지나지 않 은 여자가 죽었잖아. 그것도 너 때문에. 그런데 밥을 먹어? 그런 너 를 위해 증거를 인멸해달라고? 핏발 선 당신의 눈이 파르르 떨리는 걸 보니 희열이 느껴졌어요. 그런데 어떻게 스테인리스 편수 냄비 가 내 손으로 옮겨졌는지는 기억나지 않아요. 그럴 의도는 없었거 든요.

나 자격증 딴 거 알아요? 노인요양사 자격증. 당신을 벗어나 잘살 아 보고 싶었어요. 진짜예요. 당신의 몸이 식탁 다리를 타고 비 맞 은 신문지 뭉치처럼 바닥으로 허물어지더군요. 그때 나는 당신을 조금 이해하게 된 것 같아요. 당신 같은 사람은 타고나는 거라고 믿 었거든요. 나는 어떤 상황에서도 폭력이 발휘될 수 없는 인간의 부 류에 속하고. 그런데 광분한 사람은 누구나 사나운 짐승으로 돌변 할 수 있음을 깨달았어요. 누구에게나 불가사의한 폭력성이 내재되 어 있다는 사실을 알게 된 거죠. 안 되겠어요. 여자를 원래대로 해놓고 올게요. 하필이면 얼굴이 밟힐 게 뭐예요. 금방 눈이 쌓이겠지만 그래도 찜찜해요. 눈으로 덮어주고 올게요. 사실 카카오스토리에서 잠깐 봤던 저 여자 사진을 떠올리며 수많은 밤잠을 설쳤어요. 저주도 하고. 생각보다 실물은 평범하네요. 눈을 감고 있어서 그런지 참 순해 보이고. 그래도 얼굴이 훼손되지 않아 다행이에요. 얼른 다녀올게요.

세상에. 50미터는 되죠? 몇 바퀴나 굴렀을까요. 문짝만 떨어져 나갔지 운전석 상태가 어쩌면 이렇게 멀쩡할 수가 있어요. 아무리 견고한 외제차라도 그렇지. 신기해요. 본능적으로 자신을 보호하는 쪽으로 핸들을 튼다더니. 조수석 쪽으로 은행나무를 받아 문이랑 여자가 밖으로 튕겨져 나갔나 봐요. 우비 벗길게요. 원래대로 운전석으로 들어가 주셔야겠어요. 안전띠도 매시고. 이마의 상처는 핸들에 부딪힌 것으로 해야 하니까 이마를, 에고 깜짝이야. 당신 머리를 놓쳐 경적을 울리게 하다니. 내 손에 힘이 다 빠진 데다가 에어백이 터져서 거리감이 부족했어요. 그렇더라도 오가는 차도 없고 마을과는 10킬로미터 이상 떨어졌잖아요. 아무도 못 들었을 거예요. 우비를 벗길게요.

어쩌나. 당신의 피가 든 용기. 현관문 앞에 놓고 안 가져왔어요. 사고 직후의 모습과 똑같이 해놓아야 하는데. 당신에게서는 더 이상 피가 흐르지 않고. 하는 수 없어요. 내 피를 좀 묻혀야겠어요. 머릿속에서 계속 피가 흐르고 있는 것이 느껴지거든요. 교통사고로 즉사한 사람의 몸에 묻는 혈액을 검사해 본인의 것인지 확인한다는 소리는 못 들어봤어요. 아, 차라. 손끝은 얼음처럼 찬데 머릿속은 이렇게 뜨겁다니. 이 정도 혈흔이면 충분해요. 드디어 다 끝났어요. 언제 허리를 삐끗했을까요. 당신을 들어서 자동차 안으로 넣을 때 진짜 힘들었거든요. 그때 그랬나 봐요. 어머, 등줄기에 이 땀 좀 봐. 숨 좀 돌리고 올라가야겠어요. 뒷목도 뻐근해요. 잠깐 누울게요. 하, 정말 눈 많이 내리네요. 그날 밤에도 이렇게 눈이 많이 내렸어요. 우리는 눈 덮인 호수 위에 누워 있었잖아요. 쇼팽의 〈겨울바람〉에 대한 이야기를 하던 날 말이에요.

버스는 끊기고 기차는 매진되고. 우리는 다음 날 첫차를 기다리며 춘천에서 밤을 꼬박 새웠어요. 꽁꽁 언 공지천 호수 위를 걷다가 뛰고 숨차면 눕고. 수은등이었어요. 가로등 불빛이 은백색의 침대 캐노피처럼 눈 위에 드리워졌죠. 우리는 그 안에 누워 있었어요. 지금도 그 순간 당신의 볼 위로 떨어지는 눈송이를 기억해요. 당신의 상기된 얼굴 때문에 분홍빛으로 보였어요. 당신이 그때 했던 말 기억해요? 나는 은희 씨를 만나기 위해 천 년을 기다렸어요. 앞으로 천 년은 은희 씨를 사랑하기 위해 살 겁니다. 결혼하고 3년쯤 지났을 거예요. 우리가 시작한 그 호수에 갔었어요. 그 말을 들은 곳에

푸른 고양이

서 그 말의 미련을 버리지 못하는 나를 수장하고 싶었죠. 그런데 너무나 추웠어요. 얼음물 속에서 죽는 순간까지의 시간이 천 년보다 길게 느껴질 것 같았어요. 숨 막히는 고통이 어떤 것인지 나보다 잘 아는 사람은 없을 거예요. 당신의 상상 속 쇼팽처럼 나도 목도리로 얼굴을 감싸고 돌아왔어요. 얼음물 속 숨 막힘의 고통을 상상하면 어떤 불행도 견뎌낼 수 있을 거야, 자위하며. 정말 얼마나 멍청했는지. 웃음이 나네요.

이제 일어나야겠어요. 한축이 드는 게 더 누워 있다가는……. 너무 급하게 일어났나 봐요. 왜 이렇게 어지럽죠. 세상에. 내가 얼마나 누워 있었다고 눈이 이렇게 많이 쌓였을까요. 세상을 꼴딱 삼켜버렸어요. 어느 쪽이었더라. 쓰러진 은행나무를 찾아야 하는데. 그쪽에 차를 세워놨잖아요. 눈이 허벅지까지 쌓여요. 걸을 수가 없어요. 무슨 눈이 메뚜기 떼가 공습하는 것처럼 쏟아지네요. 여자가 있던 곳이 어느 쪽이죠? 무덤처럼 꽤 큰 북데기가 있었는데. 아무것도 보이지 않아요. 누군가가 나를 부르는 것 같아요. 엄마 같기도 하고, 9번지 여자 목소리인 것 같기도 하고. 환청이겠죠. 그런데 왜 자꾸 넘어지는지 모르겠어요. 더 헤매다가는 눈 속에 파묻혀버릴 텐데. 아휴. 왜 이렇게 몸이 자꾸 아래로 쏠리는 거야. 바람이 위에서 부나 봐요. 등이 자꾸 아래로 떠밀려요. 위로 가야 하는데. 위로. 위쪽으로 말이에요. ✽

동물의 사육제

동물의 사육제

"나인 나인. 미, 플랫!"

미라가 목소리를 높이자 민트가 검지 끝으로 메 메 메, 검은 건반을 때린다. 미라의 어깨가 들썩한다. 전류가 통하는 철조망에 손톱 밑을 찔린 것 같은 통증이다. 미라는 왼손으로 오른쪽 엄지를 싸잡는다. 시간을 확인한다. 분침은 라르고 피우 피우로 기어가고 있다. 50분을 잘 견뎠으면서 남은 10분이 억겁의 시간처럼 느껴진다. 통증의 빈도가 잦아졌다. 견디면 되지만 졸업 연주회가 두 달도 채 남지 않았다. 연주 도중 통증이 시작되면 모든 것을 망치게 된다. 바우트만 교수와의 일도 통증 때문에 그르치고 말았다. 퍼렇게 드러난 미라의 손등 혈관이 팽팽해진다.

미라는 민트에게 오기 전 바우트만 교수에게 갔었다. 어제 바우트만 교수로부터 전화를 받았다. 오늘 오전 교수실로 들르라 했다. 교수는 미라에게 어시스턴트를 제안했다. 주눅이 들 정도로 칭찬 없이 지적만 했던 교수다. 뜻밖의 제안으로 놀람과 흥분이 동시에 느껴졌다. 하지만 교수가 자신에게 개인적으로 어떤 감정을 품고 있는지 미라는 잘 알고 있었다. 교수와의 복잡다단해질 앞날이 고단하게 느껴졌다. 교수가 미라의 옆으로 자리를 옮겼다. 그는 졸업 연주회 심사 교수 중 한 명이었고 학과장이다. 그에게 좋은 점수를 얻어야 했지만 그런 관계로 엮이고 싶지 않았다. 교수가 두 손으로 미라의 얼굴을 감쌌다. 거부할 수 없었다. 미라는 어금니를 물었다. 그의 입술이 미라의 입술에 닿는 순간 손가락에서 통증이 느껴졌다. 미라가 바우트만을 밀쳤다. 무엇인가 요란하게 무너져 내리는 소리를 뒤로하고 미라는 교수실을 달려 나왔다. 부지불식간에 일어난 일이었다.

피아노 위 스마트폰에서 착신을 알리는 진동 소리가 난다. 미라가 팔을 뻗자 민트는 피아노를 멈추고 미라를 올려다본다. 새까만 얼굴에 탁구공 같은 흰자위가 뒤통수를 살짝만 건드려도 튕겨져 나올 것만 같다. 민트는 프라우 오,로 시작된 짧은 아프리카 말을 건넨다. 레슨 시간에 전화를 받으면 안 된다는 경고일 것이다. 미라가 팔을 거두자 민트도 이어서 피아노를 친다. 처음엔 아무 생각 없이 레슨 중 전화를 받았다. 민트가 밖으로 나가더니 울리케의 손을 잡고 들어왔다. 당신의 나라에서는 그래도 되나 보죠? 여긴 독일이에요. 금발의 백인 엄마가 힘주어 말하자 수단 입양아 민트의 입꼬리가 올라갔다. 그날 이후 미라는 레슨 시간에 전화를 받지 않는다.

울리케가 방문 앞에서 미라를 기다리고 있다. 프라우 오는 오늘도 시계만 올려다보고 있었어요. 민트가 미라의 등 뒤에서 울리케에게 일러바친다. 미라는 민트의 독일 말을 처음 듣는다. 민트는 미라 앞에서 자신의 모국어만 사용했었다.

"내가 일부러 틀리게 쳐도 프라우는 고쳐주지 않았어요. 만날 그래요."

울리케는 아무 표정 없이 지폐를 내민다.

"프라우 오, 나의 인내심은 여기까지. 안녕히 가세요."

뜻밖의 해고지만 미라는 당황하기보다 피로감을 느낀다. 생각이 복잡해진다. 학위 없이 귀국할 수 없다. 민트의 레슨비만큼을 벌 수 있는 일자리를 다시 알아봐야 한다. 당장 지로 콘토에 잔고를 채워 넣어야 한다는 전화를 어제도 받았다. 미라가 지폐를 우두커니 바라보고 서 있자 울리케가 미라의 손에 지폐를 쥐여준다. 순간 또다시 통증이 손톱 밑을 파고든다. 50유로 지폐 두 장이 바닥으로 떨어진다.

아트리베슈타트 겨울에는 볕이 귀하다. 한 달에 해를 볼 수 있는

시간이 스무 시간 정도밖에 되지 않는다. 하늘을 덮은 두꺼운 구름
층으로 낮에도 어둑하다. 눈이 내리지 않으면서 내릴 것 같은 날씨
는 생리 시작 전처럼 기분을 무지근하게 만든다. 으스스한 냉기가
자궁 속까지 파고든다. 미라가 걸음을 멈춘다.

슈바흐토벤이다. 겨드랑이에 장우산을 끼우고 라임베르크 동물
원 담장 밖에서 어슬렁거린다. 더부룩한 수염이 강마른 얼굴을 덮
어 큰 코와 퀭한 눈만 보인다. 슈바흐토벤은 걷는 것처럼 보이지 않
는다. 느린 속도의 무빙워크 위에 구부정한 자세로 서 있는 것 같
다. 미라의 기척을 느낀 그가 걸음을 멈추고 하늘을 올려다본다. 오
른손으로 검은색 우산을 빼 들더니 두 팔을 하늘 향해 휘움하게 펼
친다. 고사한 나무 같기도 하고 계시를 받고 있는 광야의 선지자처
럼 보이기도 한다.

"예술은 악마의 손톱이야!"

슈바흐토벤이 허공에 대고 중얼거린다. 미라의 머리끝이 쭈뼛했
다. 미라는 멀찌막이 떨어져 그를 앞지른다.

지수의 레슨을 마치고 펍에서 면접이 있다. 연주자를 모집한다는
광고를 보고 지원했다. 시간급이 괜찮다. 민트의 레슨비가 구멍 났
으니 펍 아르바이트가 절실해졌다. 학생비자로 아르바이트하는 것
도 불법인데 체류비자가 만기된 상태다. 연장 신청에 드는 비용도
없었지만 만기 기간을 깜박했다. 엄마의 소식을 듣고 충격으로 한

동안 정신을 차릴 수가 없을 때였다. 불법체류자에 대한 단속이 강화되었다는 기사를 얼마 전에 읽었다. 들통이 난다면 한국으로 쫓겨나 다시 들어올 수 없게 된다. 일단 졸업장이라도 받는 것이 최선이다. 학비는 무료지만 의료보험료를 비롯한 학생회비와 생활비로 한 달에 최소 700유로는 있어야 한다. 졸업 연주에도 상당한 비용이 들 것이다. 한국에서 돈이 오지 않으니 미라 스스로 해결해야 한다.

시커먼 구름으로 덮인 하늘에 크리스마스 네온사인이 현란하다. 야단스러운 캐럴이 사람들의 왁자한 소리에 섞여 미라의 머리가 지끈거린다. 한국 식당이 있는 중앙로를 피해 괴스쉰으로 돌아간다. 미라는 한국 사람들과 어울리지 않는다. 지수와도 피아노를 가르치고 배우는 정도의 관계를 유지하려고 노력한다. 미라에게 지수는 뚜렷한 목적 없이 유학을 와 허송세월하는 아이다. 그런 지수를 가르치는 것 자체가 음악에 대한 모독이지만 어쩔 수 없어 레슨을 하고 있다. 미라는 지수 옆에 있으면 빈곤 망상에 빠진다. 부족함이 없었던 그전의 모든 것들도 궁색하게 느껴진다. 지수의 빨간색 무개차를 볼 때마다 미라의 턱 근육이 단단해진다.

고개를 숙인 채 걷고 있던 미라가 걸음을 멈춘다. 미라의 옆구리까지 덮친 그림자도 멈췄다. 얼마 전부터 미라에게 따라붙는 그림자다. 그는 비니를 눈썹까지 덮어썼고 덩치가 크다. 심장박동이 걷잡을 수 없이 빨라진다. 미라가 홱 뒤돌아선다. 검고 긴 머리카락이 미라의 얼굴을 할퀴는 사이 그림자는 벽 속으로 숨어버렸다. 누구…… 캐럴이 들리기 시작했다. 스피커 볼륨 최대 상태에서 전원 스위치를 켠 듯 굉음이 미라의 귀청을 찢는다. 미라는 두 손으로 귀를 틀어막는다. 비니 쓴 남자를 찾는다.

"누구야? 숨지 말고 나와!"

미라가 소리친다. 낯선 외국어의 고함 소리에 지나던 행인들의 시선이 미라에게 꽂힌다.

"하이, 프라우!"

지수가 양손을 들고 손가락을 꼼지락거리며 인사한다.

"구텐 탁!"

인사를 건네면서도 미라의 신경은 지수에게서 풍기는 남자 향수 냄새에 쏠린다. 노랑과 보라 투톤으로 염색한 지수의 머리카락이 헝클어져 있다. 지수가 나온 방에서 남자 목소리가 들린다. 지수와 미라의 시선이 부딪힌다. 미라가 미간을 찡그린다. 원룸에서 사는 독신은 대부분 애인과 동거했다. 그들의 그런 문화에 익숙해진 지 오래다. 지수 나이가 열여덟 살인 것에 신경이 쓰이지만 지수의 사생활이다. 미라는 시선을 피아노에 고정한 채 창가 쪽으로 간다.

"2악장부터 시작."

지수가 입을 비쭉하며 피아노를 치기 시작한다. 여전히 손가락

관절을 지나치게 이용하여 타건한다. 어깨에도 힘이 잔뜩 들어가 있다. 나인, 나인. 〈크라이슬레리아나〉야. 카르나발처럼 중구난방으로 치면 어떻게 해? 지수가 큭큭거린다. 심금을 울리는 애잔함에서 주체할 수 없는 분노까지, 그 감정의 진폭을 함께 담아내야 하는 곡이야. 미라는 바우트만 교수가 했던 말을 그대로 쏟아낸다. 아침에 있었던 바우트만과의 일을 떠올리는 순간 통증이 시작됐다. 손톱 밑을 머리카락 굵기의 철사로 후비는 것만 같다. 통증 부위를 쥐어짜듯 누르며 미라가 목청을 높인다.

"너의 모든 세포를 선율에 녹여야 한다니까!"

지수는 미라의 지적에도 아랑곳하지 않고 제멋대로 피아노를 친다. 그것도 수다까지 떨면서.

"프라우 예고 후배 있잖아요. 귀에 피어싱 세 개 뚫은 아이. 영국으로 갔대요. 영어나 확실하게 해서 귀국하는 게 낫겠다면서. 프라우 예고 다닐 때 완전 유명했다면서요? 콩쿠르 대상은 다 쓸고? 어릴 때부터 신동……"

미라가 벌떡 일어선다. 지수가 치던 곡을 끊고 놀란 눈으로 미라를 올려다본다. 너 같은 애들이 음악을 한다는 것은 돈에 의해 예술이 얼마만큼 오염됐는지를 보여주는 거다. 미라의 입에서 말이 줄줄 새 나온다. 다행히 지수는 미라의 생소하고 빠른 독일어를 알아듣지 못한 표정이다. 지수에게까지 잘리면 안 된다. 심야 시간의 호

프집 종업원이나 호텔 객실 전용 메이드 일을 해야 할지도 모른다. 할 수 있으면 그나마 다행이다.

"프라우, 어디 아파요?"

"아니, 속이 좀 불편해."

미라는 화장실로 간다.

눈이 벌겋다. 거울 속에 엄마의 얼굴이 나타났다 사라진다. 엄마의 눈에 여전히 핏발이 섰다. 미라는 엄마의 자는 모습을 본 적이 없다. 엄마는 피곤하지 않아. 이게 무슨 고생이니? 우리 딸 출세를 위해선데. 고맙지 않았다. 오히려 출세를 노골적으로 운운하는 엄마의 속물근성을 경멸했다. 내 눈엔 네가 더 출세에 목 매는 거 같은데? 아니야? 미유가 말했다. 반박할 수 없었다. 미유는 누구보다 성공에 집착하고 있는 언니에 대해 잘 알고 있는 동생이었다.

지수가 파테티크를 친다. 깊은 슬픔, 비감, 애수 같은 감정이 없다. 그런데 듣고 있으면 너무 슬퍼서 주체할 수 없는 파테티크의 심정이 된다. 지수 특유의 기법이다. 〈크라이슬레리아나〉를 중구난방으로 친다고 지적했지만 애잔한 선율을 명랑하게 연주하여 오히려 아이러니한 비감에 빠지게 만든다. 지수에게는 그것을 얄팍한 재주라고 했다. 그런 얄팍한 기교를 정통 클래식 교수들은 인정하지 않아. 말은 그렇게 했지만 교수들이 자신에게 요구한 것이 그런 연주일 것 같았다. 미라는 곡을 완벽하게 외워서 연주했다. 그래도 점수는 형편없었다. 독창적이지 않은 연주이기 때문이라고 했다.

"프라우, 오케이?"

지수가 목욕탕 문을 가볍게 노크한다. 미라가 수도꼭지를 올린다.

중앙역과 라임베르크 동물원 표지판 아래에서 미라는 걸음을 멈춘다. 펍 인터뷰 시간까지 한 시간 반이나 남았다. 잠시라도 눕고 싶지만 요엘라의 집으로는 가고 싶지 않다. 집요하게 잔소리를 해대며 물고 늘어질 게 뻔하다. 하루 한 시간 피아노 레슨으로 방세는 충분하다고 말할 때의 다정한 요엘라가 아니다. 움푹 들어간 늙은 눈에는 추적과 경계의 매서운 눈초리뿐이다. 며칠 전에는 방 물건들이 외출 전과 다르게 놓여 있었다. 요엘라가 뭔가를 찾아내기 위해 방을 뒤진 것이 분명했다. 미라의 비자가 만기되었고 오갈 데 없는 처지가 되었다는 것을 알고 있는 것만 같다. 요엘라의 영악한 시치미가 참을 수 없이 불쾌하다. 미라는 중앙역 쪽을 잠시 바라보다가 동물원 방향으로 몸을 튼다.

비니를 쓴 그림자가 미라의 옆구리에 붙어 있다. 미라의 심장이 먼저 알아보았다. 동물원 표지판을 따라 좌회전하는 미라를 쫓아 그림자가 급하게 방향을 틀었다. 숨은 멎었는데 심장박동은 빨라진다. 발이 떨어지지 않는다. 미라가 뒤돌아선다. 그림자가 자취를 감쳤다. 가방을 끌어안은 두 팔이 부들거린다. 날이 저문 숲속에 혼자 남겨진 기분에 쌓여 미라는 사방을 둘러본다. 심장에서 콘트라베이스 현을 튕기는 소리가 난다. 거리에 넘치는 사람들이 미라의 눈에는 보이지 않는다. 캐럴도 들리지 않는다. 다리가 후들거려 몸을 똑바로 가눌 수가 없을 뿐이다. 키 큰 남자의 어깨에 무등을 탄 금발의 여자아이가 미라를 향해 혀를 날름 내밀더니 까르르 웃는다.

라임베르크 동물원 근처에 와 있음을 깨달은 것은 〈백조〉의 선율 때문이다. 동물원에서는 생상스의 〈동물의 사육제〉가 늘 흘러나온다. 미라는 길게 몰아서 숨을 내쉰다. 더운 입김이 12월의 음산한 대기 속으로 흩어진다. 미라의 걸음 속도가 선율에 맞춰진다. 곁을 스칠 때마다 이름 모르는 나무들이 겨울의 음지 속으로 사라진다. 어느 순간 자신도 그렇게 사라질 것만 같다. 아니, 이대로 사라져버릴 수 있으면 좋겠다고 미라는 생각한다.

아무리 엄마가 쓰러졌더라도 기숙사에서 그런 일만 없었다면 미라는 요엘라의 집으로 들어가지 않았을 것이다. 기숙사 방에 들어서자 룸메이트 셀리나가 남자친구라며 미하엘을 소개했다. 러시아에서 왔는데 자기 침대에서 하룻밤 함께 자도 되냐고 물었다. 순간적으로 싱글 침대에서 포개고 자는 남녀 모습이 그려졌다. 유쾌하지 않았지만 거절할 수 없었다. 셀리나에게 빌린 100유로를 갚지 못한 상태였다. 관계가 불편해지는 것을 미라는 원하지 않았다.

미하엘의 코 고는 소리가 먼저 들렸다. 셀리나도 잠이 들었다고 생각될 즈음 미라도 잠이 들었던 것 같다. 누군가 어둠 속에서 미라의 단추를 풀었다. 가슴이 풀어헤쳐지고 털로 덮인 남자 얼굴 때문에 살갗이 따끔거렸다. 비릿한 냄새가 났다. 남자를 밀어내고 싶었다. 아니, 밀쳐야 한다고 생각했다. 하지만 작은 비명도 터지지 않았다. 남자의 손이 파자마 속으로 들어오는 순간 미라는 눈을 떴다. 옆 침대에서 의미를 알 수 없는 말소리가 들렸다. 신음 소리와 섞인 러시아어임을 깨닫는 순간 미라의 몸이 얼어붙었다. 머리에 눌린 손에서 쥐가 났다. 자세를 고칠 수 없었다. 자신이 깨어 있다는 사실을 그들이 눈치챌까 오히려 숨죽였다. 자신이 왜 그래야 하는지 화가 났지만 미라는 시체처럼 누워 침대 삐거덕거리는 소리와 성교 소리를 들었다. 미라는 손을 움켜쥐었다. 머리맡에 두었던 A4 용지 과제물이 손에 잡혔고 스테이플러 철심이 검지 끝을 찔렀다. 통증은 삽시간에 어깨로 뻗어나갔다. 그것이 통증의 시작이었다. 피가 났고, 부었고 곪아 한동안 고생했다. 3개월 전이었다. 겉은 원래대로 돌아올 만큼 나았는데 수시로 통증이 찾아왔다.

동틀 무렵 미라는 기숙사에서 나왔다. 시간이나 거리를 가늠하지 않고 무작정 걸었다. 미라에게도 순전한 사랑에 대한 기대와 성적 욕구가 있다. 하지만 성공하기 전까지는 피아노와 사랑에 빠져야 한다고 스스로를 다그쳤다. 외도하는 사람에게 음악은 성공의 월계관을 씌워주지 않는다고 믿었다. 그러나 늘 고단한 짝사랑인 것만 같았다. 터질 것 같은 환희나 모든 것을 잃어도 좋은 벅찬 열정과는 거리가 멀었다. 젊은 남녀가 성적 쾌감이 최고조에 도달했을 때 의지와 상관없이 비어져 나오는 소리를 들으며 미라는 미숙한 자신을 보았다. 굳고 튼튼한 처녀막을 지키며 그 자체의 무게로 허덕대고 있었다.

우연히 멈춘 곳이 요엘라의 작은 정원 앞이었다. 백발노인이 아침 햇살을 받으며 책을 읽고 있었다. 인생을 겪고 견디고 그 나이까지 살아낸 백발 노파의 평안한 일상이 부러웠다. 코끝까지 흘러내린 돋보기를 올리다가 미라와 시선이 마주친 요엘라가 인사를 건넸다.

"구텐 탁? 차이니즈?"

요엘라는 두 검지로 눈꼬리를 올리며 물었다.

"나인. 코레아너."

"아, 꼬레. 세울?"

미라가 서울이라고 교정해주자 요엘라는 하얀 틀니를 드러내며 웃었다.

"차 한잔 할래? 아침에 구운 쿠키도 있다."

아침을 거른 미라는 쿠키와 함께 차를 마시고, 대화에 굶주린 요

푸른 고양이 ㅣ

엘라는 이야기를 토해냈다. 50여 년 전 자신에게도 서울 친구가 있었다고 했다.

이야기를 꺼내기도 전에 요엘라의 눈빛이 들썽거렸다. 요엘라가 세 번째 아기를 사산했을 때였다. 파독 간호사였던 미자가 요엘라보다 더 서럽게 울었다. 미자는 절망한 요엘라를 가족처럼 돌보았다. 둘은 친구가 되었다. 미자는 초콜릿을 먹지 않았다. 초콜릿을 싫어하니? 요엘라가 물었다. 너무 좋아해. 그래서 못 먹는 거야. 한국에 있는 자식이 눈에 밟혀 내 입에 넣을 수가 없어. 콧물을 훌쩍거리며 듣고 있던 미라가 그 대목에서 와락 눈물을 쏟았다. 엄마 생각 때문이었다. 엄마도 미자와 똑같이 했을 것 같았다. 그런데 자신은 엄마가 사경을 헤매고 있는데도 가지 않았다. 요엘라는 그 자리에서 미라에게 함께 살자고 제안했다.

미라는 그날 바로 짐을 옮겼다. 피아노 레슨을 해주고 하루 한 시간씩 대화 시간을 갖는 것으로 방세를 대신하기로 했다. 요엘라는 3개월째 〈오, 탄넨바움〉을 레슨받고 있다. 여든의 생일과 겹치는 이번 크리스마스에 그 곡을 연주하는 것이 목표다. 류머티즘으로 울퉁불퉁한 손가락으로 건반을 누를 때마다 손등의 검푸른 정맥이 지렁이처럼 꿈틀거린다. 피아노 레슨은 노파의 명랑과 젊은 유학생의 우울이 흰 건반과 검은 건반처럼 대조를 이루는 시간이다. 요엘라는 가난한 유학생에게, 미라는 외로운 독거노인에게 선심을 베푸는 것이라고 각자 생각했다. 그러다 언젠가부터 서로에게 불만이 쌓이기 시작했다. 두 사람의 선심은 결국 앙심으로 변질되었다.

슈바흐토벤이 아직도 동물원 담을 따라 걷고 있다. 미라는 방향을 바꿔 걷기 시작한다. 그는 천재 음악가였다고 했다. 검은색 장우산 대신 악보 두루마리를 끼고 다녔다. 슈바흐토벤은 슈베르트, 바흐, 베토벤을 합친 별명이다. 작곡이 전공이었는데 피아노 재능 또한 탁월해 사람들은 그를 그렇게 불렀다. 어느 날 그는 자신의 피아노를 끌고 동물원과 이어지는 숲속으로 가버렸다. 경쟁을 위한 동물의 사육장이 되어버린 이 세상에서는 더 이상 예술을 할 수 없기 때문이라는 말을 남겼다고 한다. 어느 것 하나 검증된 것은 없었다. 하지만 어떻게 된 영문인지 빌어먹는 그를 그 누구도 해코지하거나 거지 취급하지 않는다. 오히려 진정한 예술가라는 꼬리표까지 달아 주어 신비감을 갖게 했다.

지수는 슈바흐토벤에게 말 걸기를 즐긴다. 지수에게 그는 재미있고 흥미로운 특별한 대상이었다. 지수의 독일어 실력과 정신상태가 멀쩡하지 않기 때문이라고 미라는 생각했다. 미라에게 그는 음악가로서의 성공을 꿈꾸다가 끝내 실패하여 후미진 산기슭을 헤매고 다니는 낙오자일 뿐이다. 미라는 음악을 했던 사람의 비참한 말로에 직면하는 것 자체에 혐오를 느꼈다. 지수는 동물원 안팎 그 어디쯤에 있다는 그의 오두막을 반드시 찾아내겠다고 했다. 저는요, 슈바흐토벤의 그 피아노곡을 꼭 듣고 말 거예요. 듣는 순간 모든 상처가 치유된다잖아요. 허황된 소문에 흥분하는 지수를 볼 때마다 미라는 동생을 떠올렸다.

미유는 지수와 나이가 같다. 세상을 울리는 만화를 그리겠다며 떠도는 동생이다. 사춘기 이후 부모의 질책과 강압 속에서 가출과 붙들리기를 반복했다. 미유로부터 전화를 받은 것은 지난가을, 5개월 전이었다. 야, 오미라. 엄마 쓰러졌어. 뇌졸중이래. 일주일 동안 사경을 헤매다 좀 전에 깨어났는데, 첫 말이 뭐였는지 아니? 미라에겐 알리지 마. 좋냐, 오미라? 씨팔, 둘 다 재수 없어. 유학 간 언니에게 처음으로 한 전화였다. 엄마 병원비도 구해야 하고 엄마가 뿌려놓은 돈도 떼이게 되었으니 더 이상 생활비를 보낼 수가 없다고 했다. 당장 돌아와. 무조건 돌아와. 미유는 고함을 질러댔다. 견고한 성이 무너진 것 같았다. 성벽 아래 음침한 골짜기에서 납작 엎드려 있던 짐승들이 발톱을 세우는 소리가 들리는 것만 같았다.

아버지와 통화하고 싶었다. 아버지는 2년 전 재혼했다. 미라에게 간간히 보냈던 용돈과 몇 달에 한 번씩 하던 전화가 끊긴 지 오래였다. 유학을 반대했던 아버지다. 유학 준비를 하느라 지칠 대로 지친 미라에게 성공한 국내파 피아니스트들의 스크랩북을 내놓았다. 나보고 억지로 끌려온 애들 레슨이나 하란 거예요? 나도 아빠처럼 살

앉으면 좋겠어요? 미라는 아버지가 끝내 전임교수가 되지 못한 것은 국내에서 박사학위를 취득했기 때문이라고 믿었다.

윌리엄 버드의 〈신성한 몸이여〉다. 성당에서 흘러나오는 혼성합창단의 노래가 미라의 발길을 붙든다. 콧등이 시큰거린다. 미라가 고개를 든다. 잎이 떨어진 담쟁이덩굴이 악마의 힘줄처럼 성당 돌담을 움켜쥐고 있다. 성당 안으로 들어가고 싶다. 왜, 내게 이런 시련을 주는 거냐고, 내가 무엇을 잘못한 거냐고 묻고 싶다. 아니, 무릎을 꿇고 신성한 몸인 그에게 엄마의 회복을 부탁하고 싶다. 견고했던 성을 다시 돌려달라고 떼쓰고 싶다. 그 견고한 성이 무엇이었는지는 확실하지 않다. 엄마인지, 엄마의 돈인 것인지. 미라는 다시 시선을 바닥으로 떨어뜨린다. 시린 두 손을 호주머니에 넣는다. 민트 엄마로부터 받은 지폐를 움켜쥔다.

펍 안이 침침하다. 의미가 전달되지 않는 강한 비트의 팝송이 메케한 공기를 휘젓는다. 난잡한 실내장식이 원색의 조명에 드러나는 순간 미라는 돌아서고 싶다. 사람이라곤 창가의 남녀 둘과 알록달록한 두건을 두르고 있는 바텐더가 전부다. 피아노도 보이지 않는다. 미라는 유리잔을 마른행주질하고 있는 바텐더에게 간다. 그의 시선이 문을 여는 순간부터 자신에게 달라붙는 걸 느꼈다.

"하이. 피아노 연주자를 구한다는 광고를 보고 왔다."

푸른 고양이

바텐더는 휘파람 소리를 내며 얼굴로 동그라미를 그려 보인 후 키보드를 가리킨다. 무대 천장에 매달린 미러볼 조명부터 눈에 들어온다. 바닥에 놓인 낡은 무빙라이트를 보자 가슴이 내려앉는다.

"잠시 기다려. 가수 곧 올 거야."

더 이상 물을 것이 없다. 무명 가수의 반주자가 필요한 것이다. 미라의 통속적인 가요 반주에 가수는 노래를 할 것이고 술 취한 손님들은 제멋대로 나와 춤을 추어댈 것이다. 미라는 키보드 반대편 자리로 가 앉는다. 바텐더가 콜라 한 잔을 탁자에 올려놓는다. 미라가 당케, 하자 파란 눈동자 바텐더는 비테, 대신 윙크를 보낸다. 미라가 입술을 감쳐문다. 무명 가수의 통속적인 대중가요를 키보드로 반주한다고 해서 문제가 될 것은 없다. 졸업장만 받을 수 있다면 더한 짓이라도 해야 한다고 미라는 스스로를 책려한다.

돈은 어떻게 벌었나가 아니라 얼마를 벌었나가 중요해. 미라는 엄마가 했던 말을 기억한다. 악한 것을 선한 것으로, 추한 것을 아름다운 것으로 포장해주는 것도 돈이야. 딸이 최고의 피아니스트가 되는 순간 엄마 돈은 명예를 얻게 되는 거야. 엄마는 남편과의 삶에서 실패한 성취감을 딸의 성공을 통해 얻어내고 싶은 거라고 생각했다. 거부감이 느껴졌다. 그러나 이제 엄마의 그러한 신념이 바람직한가에 대한 고민 따위는 사치가 되었다. 악하고 추한 돈으로라도 무사히 학사 졸업장을 획득하고 대학원에도 진학하고 싶다.

30분이 지났는데 가수는 오지 않았다. 바텐더에게는 묻고 싶지 않다. 미라 등 뒤로 몇몇 손님들이 자리를 잡는 소리가 들린다. 미라는 바텐더가 놓고 간 콜라를 한 모금 마신다. 김빠진 콜라는 그저 밍밍한 설탕물이다. 엄마가 자신에게 탄산음료 속 이산화탄소와 같은 존재였다고 생각하자 미라의 코끝이 찡해진다. 지수는 슬로베니아로 떠날 계획이라고 했다. 가서, 뭐 할 건데? 뜻밖의 말에 미라가 놀라 물었다. 슬로베니아에서 살아보지도 않았는데 그곳에서 뭘 할지 어떻게 알아요? 오히려 지수는 그런 말을 하는 미라가 이상하다는 듯 쳐다봤다. 지수는 늘 그런 식이었다. 즉흥적이고 충동적이다. 미라는 지수 나이 때 수능 공부, 피아노 연습, 독일어 공부를 한꺼번에 해야 했다. 하루 네 시간 이상 자본 적이 없다. 엄마가 허락했어? 미라가 다시 물었다. 엄마? 프라우 눈엔 제가 애로 보여요? 지수는 주저앉아 어린아이 걸음마 타는 흉내를 내며 키득거렸다.

지수는 엄마 없이 혼자서 자란 아이로 보인다. 돈에서 태어나 돈으로 사육된 아이 같다. 엄마가 사라진다 해도 지수의 일상에는 아무런 변화가 없을 것 같다. 물론 지수에게서 돈이 사라진다 해도 치명적인 상처는 되지 않을지도 모른다. 지수는 무엇에도 목숨을 걸지 않는다. 피아노에 목숨 걸어야 한다구요? 그런 게 어딨어요? 예술은 인간을 위해서 있는 건데. 음악을 향한 진정성이 결여된 지수의 그와 같은 태도가 미라는 견딜 수 없이 불쾌했다. 지수에게 피아노는 아직 흥미를 잃지 않은 오락물에 불과한 것이다. 그러니까 슈바흐토벤의 말이 맞다니까요. 예술이 인간의 심장을 파, 먹, 는, 다. 예술은 악마의 손톱이다! 지수는 슈바흐토벤의 성대모사를 하며 낄낄거렸다.

펍 문이 열리자 여자들의 웃음소리가 찬 바람과 함께 미라의 등짝을 덮친다. 한국말이다. 미라의 신경이 한국말 쪽으로 곤두선다. 익숙한 목소리다. 한국 사람들과 어울리지는 않지만 그곳에 거주하는 몇 안 되는 한국 유학생들을 거의 알고 있다. 둘은 헤페바이스를 주문한다.

"레슨 재밌니?"

"사람이 재밌어."

"완전 멘탈이라며?"

"멘탈……, 그건 모르겠고, 암튼 재밌어."

"들었지? 바우트만 교수 병원에 실려 갔잖아. 근데 오미라가 CCTV에 찍혔대. 오전에 바우트만 교수실이 있는 복도에서 나오는 걸."

"뭐야. 그럼, 바우트만을 그렇게 만든 사람이 오미라란 말이야? 에이, 그럴 리가. 교수는 괜찮대?"

미라는 다리를 떨기 시작한다. 탁자가 흔들린다. 콜라 잔이 넘어져 바닥으로 굴러떨어진다.

현란한 전광판 글자가 짐승의 눈동자처럼 번득거린다. 크리스마스 트리 네온 전구는 우글거리는 사람들 사이에서 포르테피아노로 명멸한다. 바람에 날리는 휴지 조각이 구석으로 몰리듯 미라는 빛에 떠밀린다. 가로등 불빛을 피해 어두운 골목으로 든다. 길이 갈라질 때마다 좀 더 어두운 곳으로 미라는 방향을 튼다. 숨이 목까지 차올랐다. 미라는 멈춰 서서 벽에 등을 기댄다.

어둠 속에서 유리 파편 같은 고양이의 눈동자와 미라의 시선이 부딪는다. 젖은 빨래처럼 벽에 붙어 있던 미라가 급히 몸을 추스른다. 고양이는 줄곧 미라를 훔쳐보고 있었던 것 같다. 미라가 고양이에게 다가간다. 캬아웅. 고양이가 날듯이 뛰어 길 가운데에서 착지한다. 몸을 부풀리고 앉아 흰 털을 세운다. 오그라든 왼쪽 눈에 검은 피딱지가 엉겨 붙었다. 눈 말고도 어딘가를 심하게 다친 모양인지 이빨을 드러내고 꼬리만 거칠게 휘두를 뿐 움직이지 못한다. 미라는 고양이에게 조금 더 다가간다. 빨간색 목줄이 걸려 있다. 고리만 있을 뿐 펜던트는 없다. 사육되다가 버림받은 후 다친 것인지 다친 고양이를 버린 것인지 알 수 없다. 이대로 있으면 주차 공간을 찾거나 출발하는 자동차에 치일 것이 분명하다. 미라가 한 손을 내민다. 고양이는 이빨을 드러내며 크르릉거린다. 미라가 벌떡 일어선다.

"가! 어서 일어나!"

푸른 고양이

미라가 발바닥으로 땅을 친다.

"여기서 죽고 싶어?"

미라가 돌멩이를 찾아 두리번거린다.

"살고 싶으면, 어디로든 가버리라구!"

요엘라의 가래 끓는 소리와 코 고는 소리가 섞인다. 요엘라는 코골이가 심할 뿐 아니라 사이사이 심각한 수면 무호흡증 상태에 빠지곤 한다. 요엘라의 죽음을 혼자 맞게 될지도 모른다는 두려움에 미라는 여러 날 잠을 이룰 수 없었다. 창밖의 가로등이 방 안을 비추고 있다. 바람에 흔들리는 나뭇가지 그림자가 유리창을 뚫고 들어와 천장을 난도한다. 미라는 소리 죽여 침대에서 빠져나온다.

스마트폰 손전등을 켠다. 요엘라 방문 손잡이를 돌린다. 요엘라의 숨소리가 잦아든다. 미라는 그대로 멈춘다. 요엘라의 코 고는 소리가 다시 들려올 때까지 기다린다. 요엘라 보석함 하나면 된다. 귀금속 장신구를 착용할 힘도 없을 만큼 늙고 병든 노파다. 졸업하고 성공한 후 보상해주면 된다. 설령 그때까지 못 산다 해도 요엘라에게는 자식이 없다. 돌보는 친인척도 없다. 사후 그들에게 유산으로 분산되는 것을 요엘라는 바라지 않을 것이다. 미라가 다시 문고리를 돌린다.

미라가 보석함을 쥐고 돌아서는데 침대 협탁 위 갓스탠드에 불이 켜진다. 방 안이 훤해지는 순간 미라의 눈앞은 전기회로가 끊긴 듯 암전 됐다.

"오, 마이 갓!"

요엘라의 쇳소리가 미라의 고막을 찢는다. 미라가 문 쪽으로 한 걸음 떼 놓는다.

"스톱, 스톱 잇!"

요엘라의 심한 바이브레이션 목청에 미라의 몸이 흔들린다. 미자로부터 받았다는 자개 보석함이 미라의 손에서 빠져나간다. 바닥에 흩어진 액세서리가 불빛에 반짝거린다. 그제야 미라의 눈에 모든 것이 들어온다. 요엘라가 어느새 침대에서 나와 지팡이를 움켜쥐고 서 있다. 손을 심하게 떨고 있다.

"내가 너무 오랫동안 참았다. 들어가 자라. 이 밤에 짐을 꾸릴 수는 없을 테니."

요엘라가 손을 뻗어 탁자 위 물잔을 잡았다. 몸 전체를 떨고 있었다. 입으로 가져가는 동안 물이 컵의 반 이상 넘쳐흘렀다. 한 모금을 넘긴 후 요엘라가 말했다.

"어제 한 낯선 사내가 방문했다. 외국인 관청에서 왔다면서 너, 미라에 대해 묻더구나."

요엘라가 입을 앙다물자 틀니를 뺀 입가에 오글오글 주름이 잡힌다.

푸른 고양이

미라는 긴 코트의 마지막 단추를 채운다. 졸업 연주 오선노트를 겨드랑이에 끼운다. 방문을 연다. 요엘라의 집에서 그림자처럼 빠져나온다.

눈이 내리고 있었다. 기척도 없이 어느새 발목까지 쌓였다. 눈은 늘 다녀도 낯설던 마을을 익숙한 풍경으로 만들어놓았다. 미열로 상기된 미라의 얼굴에서 눈송이가 녹아내린다. 미라는 굵은 눈송이에 기둥과 꼬리를 달아 오선에 건다. 그 선율을 따라 걸으면 어릴 적 미유와 눈싸움하던 호숫가 공원이 나올 것만 같다. 중앙역 표지판이 미라의 시선을 끈다. 중앙역에는 공항으로 가는 기차가 있다. 이런 상태에서의 귀국은 정상을 향한 길로부터의 실족이고 추락이다. 결국 그런 딸의 처지가 엄마의 병을 더 악화시킬 수 있다고 미라는 결론 짓는다. 미라는 방향을 틀어 중앙역과 반대 방향으로 걷기 시작한다. 미라의 걸음 폭이 넓어진다. 앗. 자신도 모르게 신음이 터진다. 통증 부위를 싸잡으며 미라가 쪼그리고 앉는다. 움켜쥔 두 손을 허벅지와 배 사이에 묻는다.

길게 늘어난 비니 쓴 그림자가 웅크린 미라를 지렛대처럼 받치고 있다. 미라의 심장이 내려앉는다. 경찰? 외국인 관청? 슈바흐토벤? 미라가 벌떡 일어선다. 누가 됐든 더 이상 두려울 것이 없다. 미라가 고개를 돌린다. 그림자는 이미 사라지고 없다. 미라는 그림자의 본체가 섰던 자리로 뛰어간다. 커다란 워커 발자국이 숲 쪽으로 나 있다. 심장이 곤두박이친다. 미라는 눈발에 포박당한 것처럼 서서 두리번거린다. 네온사인이 넘쳐흐르는 큰길을 찾는다. 살진 곤충 떼처럼 쏟아지는 눈발이 미라가 걸어온 길을 먹어치웠다.

눈앞에 슈바흐토벤이 서 있다. 미라의 겨드랑이에서 오선노트가 떨어진다. 미라가 노트를 줍기 위해 허리를 구부리는 순간 그가 노트를 낚아챈다. 발목까지 늘어진 그의 누더기 코트에서 비 맞은 짐승의 냄새가 풍긴다.

"예술은 악마의 손톱이다!"

무에리수에 주문 외듯 읊조리는 슈바흐토벤의 수염에서 눈발이 날린다. 그가 미라를 앞질러 걷는다. 커다란 눈 발자국이 그를 쫓는다. 그는 노트를 머리 위에서 까딱까딱 흔들며 눈 속으로 사라진다. 굵은 눈발은 그의 발자국도 삽시간에 삼킨다. 미라는 그가 사라진 길 반대편으로 걷기 시작한다.

하얀 눈으로 덮인 숲이 까맣게 보이기 시작할 때 울창한 숲 안쪽에서 피아노 소리가 들려온다. 미라는 반사적으로 선율을 향해 몸을 튼다. 긴 머리와 어깨에 쌓였던 눈이 눈보라를 만든다. 음악은 숲속 깊은 곳에서 산울림처럼 들려온다. 미라는 요요한 선율을 쫓기 시작한다. 종아리까지 쌓인 눈에 발이 빠진다. 디 쿤스트 이스트 데어 나겔 데스 사탄! 슈바흐토벤의 목소리가 얼핏얼핏 들리는 것 같기도 하다. 나무 기둥 뒤에 숨은 그림자가 나타나 자신을 낚아챌 것만 같다. 미라는 앙가슴이 뻐근하도록 달린다.

눈발 사이 동굴처럼 보이는 무엇인가에 미라의 시선을 멎는다. 눈 속에 파묻혀 형체를 분간하기 어렵다. 미라는 걸음을 재우친다. 오두막이었다. 문 위에 피아노가 있다. 집채만 한 눈덩이를 이고 있다. 미라가 고개를 떨군다. 오두막에서 이어지는 하얀 발자국 위에 서 있다. 미라는 온 길을 돌아본다.

미라는 오두막 쪽으로 한 발을 내딛는다. 한 걸음씩 내디딜 때마다 피아노 선율이 굵은 눈송이를 뚫고 다가온다. 피아노 스스로 연주하는 것 같기도 하고 오두막 안에서 흐르는 것 같기도 하다. 처음 듣는 곡이 분명한데 늘 듣고 싶었던 선율이다. 미라의 발길이 멎는다. 오두막의 지붕이 되어버린 피아노를 보자 늑골 안쪽에서 뭉클한 것이 차오른다. 나무 문고리에 손을 얹는다. 온기가 느껴진다. 잡아당긴다. 비 맞은 짐승의 비릿한 냄새가 새어 나온다. 미라는 다시 숲을 돌아본다. 주렴을 친 듯 내리고 있는 눈발에 가려 아무것도 보이지 않는다. 슈바흐토벤의 허밍이 피아노 선율에 섞여 들려온다.

미라는 길게 숨을 내쉰 후 한 발을 내딛는다. ✽

한 뼘 사이

얼마나 시간이 지난 것일까. 도경은 바닥에서 몸을 일으켜 앉았다. 선잠이라도 빠졌던 것일까. 뻑뻑하던 눈이 개운해졌다. 낮게 깔린 구름이 노을빛에 물들어 있었다. 하늘에 그렇게 밝은 색이 존재한다는 것을 처음 알았다. 도경은 색의 이름을 불러보았다. 고흐의 해바라기색에서 멈췄다. 아는 색의 이름이 정말 적었다. 노을 든 들판에 흰 새 한 마리가 날아왔다. 깜은 날갯짓을 하다가 말고 한 발로 섰다. 문득 무엇인가 떠올라 그대로 멈춰 깊은 생각에 잠긴 듯했다. 이 세상과 영별하고 도착한 다른 세상인 것만 같았다. 새벽녘 감정의 반전처럼 그것 또한 찰나였다. 하늘이 삽시간에 어두워졌다. 노을도 새도 한순간에 사라져버렸다. 빛과 어둠, 안락과 혼란, 치욕과 용서의 경계가 한 뼘도 되지 않은 것처럼 느껴졌다. 러그에서 사체의 냄새가 자꾸 맡아졌다. 속이 울렁거렸다. 죽은 새를 떨어내고 러그를 원통으로 만들어 그 안에 놓고 싶었다. 사체가 공간에 붙이도록 러그를 말았다. 통나무 같은 러그를 난간대에 올리는데 팔과 다리가 심하게 떨렸다. 러그 한쪽을 기울였다. 그래도 사체가 빠져나오지 않았다. 러그를 흔들었다. 순간 러그가 도경의 팔에서 빠져나갔다. 나뭇가지에도 걸리지 않고 바로 놀이터 바닥으로 떨어졌다. 제법 둔탁한 소

한 뼘 사이

문 닫히는 소리가 났다. 도경의 눈꺼풀에 가벼운 경련이 일었다. 자동 잠금장치가 설치된 문이었다. 러그 먼지를 털기 위해 발코니로 나왔다. 먼지가 실내로 들어가면 안 되니까 무의식적으로 한 행동이었다. 안에서 누군가 열어주어야 하지만 아무도 없었다. 도경은 둘둘 만 러그와 접은 장우산을 난간대에 기대어놓고 통유리 문에 기대었다. 맞닥뜨린 곤경에 대한 실감도 나지 않았지만 짧은 동안만이라도 평정심을 유지하고 싶었다. 볕이 좋아 몸소름이 돋았지만 상쾌했다. 눈은 대부분 녹았고 산마루만 흰 고깔을 쓴 듯 잔설을 이고 있었다.

도경은 러그를 들어 난간대에 널었다. 가로 180센티미터, 세로 200센티미터, 단모평직 러그가 들고나올 때와는 다르게 밀가루 반죽 자루처럼 버겁게 느껴졌다. 도경은 장우산으로 러그를 두드리기 시작했다. 우산 표면에 테플론 코팅 방수 처리가 되어 자꾸 미끄러졌다. 먼지도 우울감도 떨쳐버릴 수 없었다. 도경은 숨이 턱까지 차오르고 이마에 진땀이 번질 때까지 우산을 휘둘렀다.

"누구, 없어요?"

누가 없기만을 바라며 지내왔다. 빈집이던 아래층에 누군가 이사를 오던 날 어찌나 아쉽던지. 위층이 이사를 가던 날 얼마나 후련했는지. 외지고 미분양으로 빈집이 많아 도경은 이 아파트를 선택했다. 도경은 철제 난간살을 꽂은 무릎 높이의 시멘트 턱 위로 올라갔다. 난간대를 잡고 깨금발을 했다. 아래층을 향해 고개를 숙이자 윤기 잃은 흑갈색 긴 머리카락이 쏟아져 내렸다.

7층 아래는 놀이터였다. 양지는 해토머리 진창길이었지만 음지에는 아직도 군데군데 눈이 뭉텅이져 있었다. 크림색 외벽에는 홈 하나가 없었다. 가스관이 부착된 부엌 쪽이었다면 타인의 도움을 청할 필요 없이 관을 타고 내려가는 시도를 했을 것이다. 물론 상상만으로도 끔찍했다. 금세 다리가 후들거렸다. 극세사로 된 수면바지를 입었다고는 해도 맨발에 면티 하나를 걸쳤을 뿐이었다. 해는 이미 기울기 시작하여 공간의 반 이상이 볕에서 비껴 있었다. 도경은 볕이 든 쪽으로 자리를 옮겼다. 이가 심하게 부딪히기 시작했다.

"거기, 없어요?"

도경은 703호, 옆집을 향해 목청을 돋우었다. 형민이 직장에 있을 시각이라는 것을 알면서도 다시 한번 소리를 질러보았다. 이봐요. 들어본 적 없는 새소리만 괴괴한 정적에 빗금을 긋듯 멀리서 들려왔다. 이사 온 지 1년이 넘었지만 새소리를 들은 건 처음이었다. 도경은 새소리를 좇아 귀를 모았다. 들리는 새소리는 어렴풋한 기억이고 그의 음성이 실제처럼 들렸다. 이곳 옛 이름이 다조리잖아요. 지금도 새가 엄청 많아요. 그의 웃음 섞인 목소리가 도경의 가슴을 울렸다. 그는 희귀 새를 찾아 사진 실사를 다니다가 이 아파트를 발견했다고 했다. 도경이 쪼그리고 앉았다. 응달 구석에 돌멩이처럼 보이는 주먹만 한 물체가 있었다. 최악의 경우 통유리라도 깰 수 있어 다행이었다.

도경은 제자리 걷기를 시작했다. 갑작스럽게 기온이 떨어지긴 했지만 도와줄 누군가는 나타날 것이 분명했다. 한겨울에도 빠른 걸음으로 걷거나 조깅하는 사람들이 종종 있었다. 쾌청한 하늘에는 섬세한 주름 모양의 구름이 얇게 펼쳐져 있었다. 멀쩡하게 시치미를 떼는 하늘에 웃음이 나올 뿐이었다. 아침에는 눈이 내렸었다. 함박눈이었다. 삽시간에 3월 말 이른 봄의 경치를 겨울 풍경으로 바꾸어놓았다. 모든 것이 새삼스럽고 새롭게 보였다. 수렁의 바닥을 치고 수면 위로 올라와 조우한 딴 세상 같았다. 도경은 샌디에이고행 비행기 표를 예매했다. 다음 날 오전 출발이었다. 서너 시간 만에 눈이 그치고 해가 났지만 격앙된 기분은 가라앉지 않았다. 도경은 청소를 시작했다.

5개월 전 도희로부터 시아버지의 사망 소식을 들었다. 도경의 새 전화번호와 주소를 알 길 없는 남편이 동생을 통해 알린 거였다. 물론 도경은 장례식에 참석하지 않았다. 아들이 샌디에이고에 있는 시누이 집에서 8학년을 다니고 있다는 것도 그날 알았다. 엄마도 위선자야. 아무리 큰 죄를 지었어도 그 사람의 인격은 존중해야 한다고 안 했어? 죄는 미워해도 사람을 미워해서는 안 된다며. 어떻게 겉과 속이 그렇게 달라. 엄마도 아빠랑 똑같아! 아들은 주먹 쥔 두 손을 부르르 떨며 도경을 향해 고함을 질렀다. 아들의 두 눈에는 증오가 서려 있었다. 그 순간 아들을 위해서라도 가정의 형태는 유지해야 한다는 신념이 무너져 내렸다.

적어도 아들 앞에서는 명랑한 척했었다. 남편을 대하는 태도도 자제하려고 안간힘을 썼다. 아들을 위해서라도 남편의 혐의가 벗겨지기를 진심으로 바랐다. 그러나 남편이 결백하다고 핏대를 세우거나 술에 취해 한 행동이라 기억도 나지 않는다고 괴성을 지를 때면 도경은 자제력을 잃었다. 스스로에게도 낯선 욕설을 퍼부으며 남편을 향해 물건을 집어 던졌다. 엄마의 고통은 아랑곳하지 않고 그런 행위를 비난하는 아들에게 심한 배신감이 느껴졌다. 아들과 남편을 동시에 잃었다는 상실감과 절망감에 빠졌다. 남편을 꼭 빼닮은 외모도 싫었다. 어떤 날엔 아들이 남편의 모습으로 보일 때도 있었다. 아들이 자라 남편 같은 남자가 될 것 같은 망상에까지 사로잡혔다. 결국 도경은 집을 나와버렸다. 해임은 부당하다며 남편이 교육부에 소청심사를 청구하고, 대자보를 붙인 학생들에 대해 고소장을 제출한 날이었다.

"조이!"

새된 여자 목소리에 도경은 상체를 기울여 고개를 뺐다. 사람은 보이지 않았고 비치볼만 한 강아지가 하얗고 긴 털을 날리며 달려오고 있었다. 도경은 깨금발을 하고 조금 더 몸을 허공으로 뺐다.

"조이! 거기 서. 안 서?"

발목까지 내려오는 흰색 패딩 점퍼를 입은 여자였다. 털 달린 후드를 뒤집어쓰고 있어 얼굴은 보이지 않았다.

"저기요!"

도경이 고함을 질렀다.

"야, 서!"

"여기요!"

개 주인과 도경이 거의 동시에 소리를 질렀다. 여자는 강아지를 쫓아 아파트 단지 울타리를 따라 난 산책로로 사라졌다. 애완견을 쫓느라 사람의 구조 신호를 듣지 못한 것인지 고의적 무시인지 확인할 길이 없었다.

추위가 통증으로 느껴졌다. 콧물을 하도 닦아 옷소매 끝이 축축하게 젖었다. 도경은 러그를 걷어 양쪽을 잡아끌었다. 뻣뻣하고 단단하여 몸을 감쌀 수 없었다. 러그의 한쪽 끝에서 몸을 돌려가며 말았다. 러그로 만든 원통 안에서 고개를 들었다. 전등 아래였다. 깨금발을 했지만 밖을 볼 수 없었다. 관 속에 갇힌 기분이었다. 불안감이 엄습했다. 도경은 러그를 풀기 위해 한 바퀴 돌았다. 풀리기는커녕 더 조여들었다. 반대로 돌려는 순간 도경은 균형을 잃고 바닥으로 쓰러졌다. 무엇인가에 부딪혀 통증이 느껴졌지만 아랑곳하지 않고 무덤에서 빠져나오듯 원통으로부터 벗어났다. 도경은 숨을 할딱거리며 바닥에 누웠다. 접힌 우산이 깔려 등이 배겼다.

형민으로부터 우산을 건네받은 건 지난 11월 첫눈이 내린 날이었다. 비처럼 쏟아지는 눈에 실려 단풍잎이 떨어져 내렸다. 도경은 걷고 있었다. 3일째 불면의 밤을 보낸 다음 날이었다. 종일 걸으면 잠을 잘 수 있을 것 같았다. 처음부터 눈이 내린 것이 아니었다. 걷다보니 눈이 내리고 있었다. 호숫가에 이르고서야 집에서 아주 멀리 와 있음을, 눈발이 굵어졌음을 깨달았다. 빛이 사라지니 호수와 그 너머 산이 모두 잿빛에서 은빛으로 흩어지는 회색 톤의 그러데이션이었다. 도경은 돌아가기 위해 몸을 돌렸다. 한 남자가 서 있었다. 검은색 장우산을 쓰고 있었다. 도경은 뒷발질을 할 만큼 놀랐다. 그러고 보니 마스크 착용을 깜박했다. 밤에도 마스크에 모자를 쓰고 다니던 도경이었다. 도경이 고개를 숙이고 급하게 한 발을 내디뎠다. 남자가 막아서더니 우산을 든 팔을 도경에게 뻗었다. 우산지붕 위 눈이 그에게로 쏟아졌다.

"모자도 안 쓰고. 어제까지 미세먼지 심했잖아요."

익숙한 목소리였다. 도경이 고개를 들어 남자를 올려다보았다. 관자놀이 쪽으로 넓게 퍼진 둔각삼각형 모양의 눈썹과 삐침별처럼 길게 자란 한 가닥 흰 눈썹. 옆집 남자 형민이었다. 비니를 쓰니 완전히 딴 사람이었다. 그는 도경의 손에 우산을 들려줬다. 그러고는 앞서서 눈길을 달리기 시작했다. 30미터쯤 앞섰을 때 그가 넘어졌다. 아예 누워 소리를 질렀다.

"오늘은 누구세요, 안 물어요?"

하하하. 그의 웃음소리가 잠재적 치한의 괴성으로 들렸다. 그는 변장에 능했다. 헐렁한 셔츠를 걸치고 쓰레기봉투를 들면 자상한 초로의 이웃이었다. 캡에 선글라스를 쓰고 운동복을 입은 모습은 근육이 잘 발달한 40대 초반 운동 마니아였다. 양복 차림을 하고 엘리베이터 앞에 서 있으면 대기업 중견의 전형적인 모습이었다. 그가 반색하며 인사할 때마다 도경이 정색하며 누구시죠, 물었던 이유였다.

몇 시쯤 되었을까. 이가 심하게 부딪혔다. 턱관절에 연속 운동 장치를 삽입한 것 같았다. 뇌가 텅 빈 듯 이 부딪히는 소리가 머릿속에서 공명했다. 소름 돋은 맨살에 붉고 푸른 기가 감돌았다. 돌로 통유리를 깰 수 있다고 자위해도 평정심 유지는커녕 불안과 초조로 가슴께가 뻐근했다. 5시 반 경 교복 차림의 학생들이 놀이터에 모여들곤 했다. 학생들에게 119 신고를 부탁해야 했다. 체감 시간으로는 5시 반이 훌쩍 지난 것 같은데 그들은 나타나지 않았다. 설마 개교기념일은 아니겠지. 도경은 불길한 생각을 떨치기 위해 제자리 뛰기를 시작했다.

고음이 심하게 갈라지는 남자 소리가 들렸다. 기다리던 남학생들이었다. 도경은 시멘트 턱 위로 올라가 깨금발을 했다. 두 손으로 난간대를 쥐고 최대한 상체를 내밀었다. 시시덕거리는 그들을 향해 목청을 높였다.

"여기요. 좀 도와줘요!"

남학생들의 고개가 일제히 도경을 향해 젖혀졌다. 3월 말인데도 아침에 눈이 내려서인지 다섯 명 모두 검정색 벤치코트 차림이었다.

"뭐래?"

한 남학생이 담배 연기를 내뿜으며 옆 친구에게 물었다.

"아줌마, 뭐라고요?"

키가 가장 큰 학생이 몇 발짝 가까이 다가오며 물었다. 그 뒤에서 한 학생이 스마트폰을 위쪽을 향해 들고 있었다. 한눈에 봐도 동영상을 찍는 거였다. 도경은 바닥에 누워버렸다. 러그를 당겨 몸을 덮었다.

"봤어? 노브라, 맞지?"

남학생들이 웃어젖혔다.

"아, 새끼. 조용해봐. 저기 몇 층이냐? 9층? 8층?"

도경이 귀를 막았지만 중간중간 섞인 욕설과 가래를 뱉는 듯한 그들의 웃음소리는 또렷이 들렸다. 눈물줄기가 머리카락을 헤집고 두피 속을 파고들었다.

남학생들이 사라진 후에도 도경은 한참을 그대로 누워 있었다. 사람은 또다시 올 터였다. 하지만 어떤 사람이 올지 모를 일이었다. 차라리 통유리를 깨는 게 나았다. 도경이 일어섰다. 난간살을 잡고 천천히 일어났음에도 순간적으로 머리가 핑 돌고 가슴이 두근거렸다. 어느새 해는 더 기울어 공간의 8할 정도가 그늘 속에 잠겨있었다. 도경이 돌멩이 가까이 갔다. 거무튀튀하게 더께가 끼고 날벌레 사체가 그 주변에 흩어져 있었다. 손을 뻗기조차 싫었다. 도경은 탄식하듯 짧게 숨을 토한 후 돌멩이를 움켜쥐었다.

"아악!"

도경은 비명을 내지르며 쥐었던 물체를 내동댕이쳤다. 손바닥을 아무 데나 문질렀다. 돌이 아니었다. 움켜쥔 순간 날개가 펼쳐지면서 부패한 내부의 무엇인가가 흘러내렸다. 죽은 새였다. 도경은 반대편 구석으로 갔다. 쭈그리고 앉아 숨을 골랐다. 빛과 그림자의 경계가 몸을 두 동강 냈다. 상기된 반쪽 낯에 노을이 붉은빛을 덧칠했다. 새의 사체를 돌멩이로 착각하고 그것으로 통유리를 깰 수 있다 안심했다니. 또다시 보이는 것에 대한 자신의 판단을 사실로 믿었다는 것에 화가 났다.

도경은 익명의 제보 문자를 세 번이나 받았었다. 잘 나가는 남편을 시기한 자들에 의해 조작된 음해나 음모라고 믿었다. 지나고 보니 그것은 자신에게는 그런 일이 일어날 수 없다는, 적어도 자신이 선택한 남편은 그런 부류의 인간에 속하지 않는다는 착각이었다. 도희가 집으로 찾아왔다. 형부가 상습적으로 제자들을 성추행해왔대. 캠퍼스 벽마다 대자보로 도배를 해놨다고. 페이스북, '대나무숲'이랑 '에브리타임'에도 쫙 깔렸어. 학교에서는 이미 징계 절차에 들어갔는데 언니만 모르고 있다고. 도희는 코를 풀어대면서 이야기를 이어갔다. 그제야 얼마 전부터 연락이 거의 없던 친구들, 지인들, 옛 직장 동료들로부터 온 전화의 목적을 깨달았다. 전화번호를 바꿔버렸지만 이미 결혼사진부터 가족사진, 남편의 연구실이 있는 미대 주차장 앞에서 도경이 대자보를 읽는 모습까지 SNS에 올라와 있었다. 모자이크 처리가 되어 있긴 했지만 인격권 침해를 막는 데는 부족했다.

도경이 일어섰다. 누군가의 도움을 받거나 7층 아래로 떨어져야 그곳으로부터 벗어날 수 있음을 직시했다.

"계세요? 누구 없어요?"

도경은 소음을 만들기 위해 장우산으로 난간대를 치기 시작했다. 얼마 지나지 않아 고정끈이 풀리면서 우산살이 펼쳐졌다. 세 군데나 살대가 부러져 있었다. 형민에게 돌려주기는 글렀다. 그의 웃는 모습이 떠올랐다. 도경이 체머리를 흔들었다. 고개를 젖히자 찬 콧물이 식도를 타고 흘러내렸다. 전등갓이 거의 틀에서 벗어나 위태롭게 매달려 있었다. 우산을 휘두르다 꼭지로 친 모양이었다. 도경이 다시 우산을 접었다.

"불이야!"

사람들을 가장 빠르게 불러낼 수 있는 외침이라고 들은 적이 있다. 불이야, 다시 고함을 질러보아도 원하는 만큼의 소리가 나오지 않았다. 도경은 다시 우산으로 난간대를 내리치기 시작했다. 아무리 있는 힘껏 쳐도 이웃집 거실에 도달할 만큼의 소음과는 거리가 멀었다. 도경이 다시 치려는 순간 풍선에서 바람 빠지는 소리를 내며 우산이 펴졌다. 살대가 부러져 형태가 심하게 찌그러져 있었다. 도경은 장우산을 집어 던지고 난간에 기댔다. 흡. 검푸른 통유리에 어룽진 자신의 모습을 본 도경이 숨을 멈췄다. 유리 안쪽에 뭉크의 절규 그림이 걸려 있는 것 같았다. 도경은 마른침을 삼켰다.

"불이 났다구요, 불!"

도경이 손확성기에 대고 허공을 향해 고함을 내질렀다. 가스 불만 켜고 나왔어도……. 러그와 장우산을 끌어안고 발코니로 나오기 직전 도경은 잠깐 망설였다. 한참 전부터 커피가 마시고 싶었다. 먼지를 털고 들어와 바로 커피를 내리고 싶었다. 물 먼저 끓이고 싶다는 생각을 하면서 도경은 발코니로 향했다. 러그를 내려놓았다가 다시 들어 올려야 하는 사소한 과정이 성가시게 느껴졌기 때문이다. 가스 불만 켜놓았어도 치명적인 사고의 위협으로부터 벗어날수 있었다. 물이 졸아붙고 연기가 나기 시작하면 화재경보 비상벨이 울리고 스프링클러가 작동될 터였다. 즉각 관리실에서 알게 되고 조치를 취했을 것이다.

가스 불에 찻물을 올린 후 나오고 싶었던 강한 끌림이 운명의 알량한 배려였을까. 돌이켜보면 모든 일이 그랬다. 어떤 형식으로든 최후 통지는 있는 것 같았다. 그것을 감지하지 못했거나 했음에도 무시했을 때 사달이 났다. 남편에게서도 미심쩍은 낌새가 여러 번 보였었다. 그러나 도경은 무시했다.

"살려주세요."

현관문 안전걸쇠를 생각할 때마다 가슴이 죄어들었다. 최신형 스테인리스 제품이었다. 그것을 제거하는 데 시간이 상당히 걸릴 게 분명했다. 그것만 걸지 않아도 비밀번호만 알려주면 끝이었다. 이것은 문 하나를 더 다는 효과를 갖고 있어요. 일반적인 것하고는 구조 자체가 달라요. 방송 보셨죠? 그런 것은 밖에서 세게 당기면

문틈이 살짝 생기거든요. 그 틈으로 책받침 같은 것을 넣고 톡 치면 바로 문이 열려요. 하나 마나인 거죠. 이 고리는 문을 부수지 않는 한 밖에서 절대로 못 풉니다. 1년 전 이사한 다음 날이었다. 삶을 끝낼 작정을 했어도, 이미 최악의 일은 벌어졌고 그 이상의 끔찍한 일은 일어날 수 없다고 확신하면서도 정체를 알 수 없는 공포감에 시달렸다. 그런다고 해결될 수 있는 것이 아님을 알면서도 안전걸쇠를 설치하고 발코니로 통하는 이 통유리 문을 자동 잠금장치 시스템 문으로 교체했다.

"아악, 악!"

도경은 비명을 질렀다. 그러나 원하는 소리가 발성되지 않았다. 죽게 해달라는 부르짖음에 때늦은 응답이 도착한 것만 같았다. 1년 넘게 죽을 방법만 모색했다. 그런데도 죽지 못했다. 세상에 쉬운 죽음은 없다는 것을 실감했을 뿐이다. 새벽녘 악몽에서 깨어 눈 덮인 세상을 보았을 때 가슴이 두근거렸다. 고통이 증발되어 눈으로 내려온 것 같았다. 자신을 지배했던 환멸과 증오심으로부터 벗어나 새로 시작할 수 있을 것 같은 의기가 솟았다. 도경은 비행기 표를 사고 청소를 시작했다. 그런데 반나절쯤 지나 갇혀버렸다.

앞 동 그림자가 놀이터를 완전히 덮었다. 발코니에도 볕 한 줌 없었다. 7시가 넘었다는 거였다.

"이봐요!"

거기 없어요? 도경은 형민의 얼굴이 떠올리며 그의 집을 향해 소리를 질렀다.

형민을 처음 본 것은 이사 오고 얼마 지나지 않아서였다. 악몽에서 깨어 악몽 속으로 들어가기를 반복하던 때였다. 그날도 도경은 악몽에서 깨어났지만 그 역시 꿈속인 듯 옴짝달싹할 수 없었다. 암막커튼이 쳐져 방 안은 흑암 그 자체였다. 거실에서 인기척이 났다. 모골이 송연했다. 습관적으로 방문을 잠갔지만 이쑤시개 같은 것을 구멍에 찔러 넣으면 열렸다. 더듬더듬 스마트폰을 찾았지만 거실에 있는지 손에 잡히지 않았다. 비닐봉지 같은 것을 조심스럽게 만지작거리는 소리가 간헐적으로 들려왔다. 그러더니 화장실 물 내리는 소리가 들렸다. 누군가 무단침입을 했다는 명백하고도 확실한 증거였다. 도경은 발코니로 뛰쳐나갔다. 그러고는 온 힘을 다해 옆집으로 이어지는 얇은 패널을 향해 내달렸다. 0.9센티미터 석고보드를 파괴하고 옆집 발코니 바닥으로 떨어지면서 도경은 정신을 잃었다.

도경이 의식을 되찾은 건 옆집 소파 위에서였다. 괴한으로부터의 탈출에는 일단 성공한 것 같았다. 하지만 옆집 사람들에게 면구스런 마음이 컸다. 이사 온 지 한 달이 되어가도록 일면식도 없이 지냈던 이웃이었다. 의도적이었다. 엘리베이터를 기다리다가 옆집 문 열리는 소리가 나면 얼른 다시 집으로 들어갔다. 지하주차장 엘리베이터에서 누군가 7층 버튼을 누르면 19층이나 20층으로 올라갔다 다시 내려왔다. 실눈을 떴다. 달항아리 모양의 플로어 장스탠드 가 오렌지색 LED 빛을 발하고 있었다. 그 너머 벽에 목공예 새가 달린 벽시계가 있었다. 02시 25분이었다.

"괜찮아요?"

남자였다. 목울대가 도드라진 남자에게서 흔히 들을 수 있는 굵은 음성이었다. 도경이 급하게 일어서며 소리 나는 쪽으로 고개를 틀었다. 아일랜드 식탁 의자에 남자 혼자 앉아 있었다. 도경이 두 팔로 가슴을 감쌌다. 브래지어 없이 헐렁한 민소매 티에 짧은 면 반 바지 차림이었다.

"괴한이⋯⋯."

도경은 순식간에 실내를 훑었다. 가족사진 하나 걸려 있지 않았다. 이런 소란에도 불구하고 잠을 이어 잘 수 있는 사람은 없을 터였다. 남자 혼자 사는 집이라고 생각하니 가슴이 두근거리기 시작했다.

"아, 괴한."

남자가 웃음을 참는 게 역력했다. 괴한을 피해 치한의 집으로 도 망친 것만 같았다. 발코니 쪽에서 나타난 검은 고양이가 부엌 쪽으 로 걸어갔다. 털이 풍성한 꼬리를 좌우로 느릿하게 흔들며 주인 품 으로 가 안겼다. 반려묘를 안은 모습을 보자 약간의 안도감이 느껴 졌다. 괴한이나 치한은 적어도 아닌 것 같았다.

"화장실에서 물 내리는 소리도 나고,"

"아! 모르셨구나. 이 아파트, 변기 하자보수 중이잖아요. 가끔씩 막 혼자 물이 내려가고. 나도 처음엔 유령이랑 사는 줄 알았다니까요."

남자는 양쪽 둔각삼각형 모양의 눈썹 사이에 골 깊은 11자 주름을 만들었다. 날개 펼친 새끼박쥐가 달라붙은 것 같았다. 애써 심각한 표정을 지어 보였지만 그가 북받친 감정으로 즐거워하고 있음이 역력했다.

"그뿐만 아니라 비닐봉지 만지작거리는 소리도 들렸어요."

"아하. 그거. 베란다 문을 살짝 열어놨던데요? 바람이 들어 바닥에 있던 비닐봉지들이 막 쓸려 다니면서 낸 소리였을 거예요. 오늘 새벽 태풍이 이쪽을 지난다고 예고했는데. 아, 티브이가 없구나. 인터넷도 안 되고. 미니멀리스트?"

도경은 불쾌감으로 얼굴이 달아올랐다. 의식을 잃고 있는 사이 남자가 집 안을 샅샅이 살피고 돌아왔다는 거였다. 마트에서 물건을 담아온 비닐봉지들을 아무 데나 집어던졌다. 개수대에는 설거짓감이 쌓여 있고 여기저기 빨랫감이 널브러져 있음을 떠올렸다. 가슴에 포갠 도경의 두 팔에 힘이 들어갔다.

"철통 보안이던데요. 현관문에 멋진 안전걸쇠도 걸어놓고."

도경이 현관문 쪽으로 몸을 돌렸다.

"근데 아파트에 이런 비밀통로가 있는 줄 어떻게 알았어요? 나는 전혀 몰랐어요. 화재 때 탈출을 위한 거라면서요?"

사실 이사한 날부터 그 경량 칸막이가 거슬렸었다. 화재보다 그곳을 통해 괴상한 옆집 사람이 침범해올 확률이 높은 것 같았다.

"난 베란다에서 폭탄이 터진 줄 알았다니까요."

그제야 도경은 온몸이 뻐근하다는 것을 깨달았다. 무릎과 어깨에서 통증까지 느껴졌다.

"와인 한잔하고 가요. 다시 잠드는 데 도움이 될 거예요."

남자가 와인 셀러 문을 열었다.

"안녕히……."

도경은 인사말도 끝내지 않고 현관문을 향해 내달렸다. 술이라니. 남자는 집을 훑으면서 도경이 혼자 사는 여자라는 것을 한눈에 알아봤을 것이다. 거실에 러그 하나, 부엌에 티포트 겸용 스테인리스 냄비가 전부였다. 가구도 가전제품도 없었다. 술병이 쌓여 있고 구석구석 검정 비닐봉지와 인스턴트 식품 봉투가 어수선하게 펼쳐져 있었다. 접근이 쉬운 여자로 단정하기에 충분한 조건이었다. 도경이 현관문을 여는 순간 남자가 소리를 질렀다.

"문을 닫는 순간 후회할 텐데."

도경은 힘을 실어 현관문을 닫았다. 그러고는 10초도 안 돼 정말로 후회했다. 자신의 현관문에 안전걸쇠를 걸어놨다는 것을 깜박했다. 그러니까 벽을 부순 발코니를 통해 돌아갔어야 했다. 그의 인터폰을 누르기는 싫었다. 그렇지만 그의 집을 통과하지 않고서는 집으로 돌아갈 방법이 없었다. 철제 현관문을 부수고 안전걸쇠를 풀지 않는 한.

"내 말 맞죠?"

남자가 현관문 밖으로 얼굴을 내밀고 말했다.

"어서 들어와요. 춥잖아요. 난 선량한 이웃, 그러니까 사촌. 교통법규 빼고 모든 법 다 준수하는 성실한 사람. 여기에 써 있지 않나?"

남자가 검지로 자신의 이마를 톡톡 쳤다. 굵은 주름이 그의 이마를 분할했다. 하하하. 아래 위층에 사는 사람들을 깨우기에 충분한 웃음소리였다. 도경은 다시 그의 집으로 들어갔다.

"난 강형민. 이름이?"

그가 악수를 청하며 이름을 물었다. 도경은 이름조차 말하지 않고 와인이 놓인 식탁으로 갔다. 도경은 술을 마셨고, 취했고 말을 아주 많이 했다. 그러고는 잠이 들었다. 잠에서 깨어났을 때 아침 10시 5분이었다. 그의 기척은 없었다. 소파 위에 자신의 티셔츠와 반바지가 단정하게 개켜져 있음을 보고서야 자신이 알몸임을 깨달았다. 고양이가 식탁 의자 위에서 꼬리를 꼿꼿이 세우고 도경을 지켜보고 있었다. 도경은 옷을 집어 들고 발코니를 통해 자신의 안방으로 돌아왔다.

술기운이 가실수록 당혹스러웠다. 형민이 한 말이나 반응은 거의 생각나지 않았다. 자신이 그에게 했던 말과 행위만 조목조목 기억났다. 너무나 생생했다. 지독한 주사로 여기기엔 지극히 사실적이고 구체적이었다. 남편의 일을 상세하게 설명했다. 그러고는 당신도 남자잖아, 고함치며 손에 잡히는 것을 그를 향해 집어 던졌다. 복수라는 단어를 떠올리며 그의 옷을 벗겼다. 미친 거였다. 그와 같은 실수를 한 자신을 용서할 수 없었다. 술김에 저지른 실수였다고. 남편이 반복했던 말을 도경이 스스로에게 반복하고 있었다. 견디기 힘들었다. 그날 밤 이후 그는 툭하면 문고리에 무엇인가를 걸어 놓았다. 도경은 내용물 확인도 하지 않고 음식물 쓰레기 봉투에 담아 버렸다. 그래도 그는 계속했다. 도경은 그의 집 문고리에 되걸어 놓았다. 그 다음부터 그는 음식물 대신 쪽지와 함께 책과 잡지 같은 인쇄물을 걸어두었다.

형민을 마지막 본 것은 보름 전쯤이었다. 가끔씩, 그러다 거의 매일 밤 그를 부르고 싶은 욕구가 치밀었다. 벽을 부순 이후 혼자서 술을 마시고 싶지 않았다. 처음에는 취기가 돌 때만이었다. 어느 날 정신이 또렷할 때도 그의 생각으로 심란해지는 자신을 발견했다. 설렘과 기대로 차오르는 감정이 두려웠다. 또다시 남자로 향하는 자신이 경멸스러웠다. 결국 도경은 경찰서에 그를 스토커로 신고했다. 그에게서 받은 쪽지들을 증거물로 제출했다. 예상대로 그가 구속이나 벌금과 같은 법적 처벌을 받은 것은 아니었지만 그의 모습을 더 이상 볼 수 없었다. 도경은 밤마다 발코니로 나가 그의 집에서 흘러나오는 오렌지색 불빛을 바라보며 한참을 서 있었다.

　형민은 늘 웃었다. 그의 웃는 얼굴을 떠올리자 가슴 미어지는 슬픔이 밀려왔다. 지금까지의 어떤 고통보다 끔찍한 아픔처럼 느껴졌다. 그럴 리 없었다. 지난 1년여 동안의 아픔은 죽은 후에도 생생한 고통으로 자신의 무덤가를 떠돌 고통이어야 했다. 이것은 벗어나는 순간 헛웃음이 날 정도로 사소한 해프닝이 될 터였다. 도경은 난간과 통유리 사이에 부상병처럼 끼어 있는 우산을 다시 집어 들었다. 우산살을 접었다. 고정끈이 부착된 부위를 두 손으로 힘껏 잡았다. 손등 위 퍼런 혈관은 팽팽해지고 손가락 관절은 허옇게 두드러졌다. 우산 꼭지로 난간살을 긁었다. 처음부터 모든 상황을 지켜보고 있는 천장 귀퉁이 거미도 놀라게 할 수 없을 정도의 형편없는 소음이 만들어질 뿐이었다.

　도경은 옆집으로 통하는 벽에 손바닥을 얹었다. 원래대로만 해놓았다면 다시 그 벽을 뚫고 옆집 발코니로 갈 수 있었다. 벽을 부수고 그와 밤을 지새운 다음 날 도경은 새 벽을 설치했다. 장비 없이는 누구도 부술 수 없도록 폐쇄 수준으로 단단하게 해버렸다. 그날 안방과 발코니 사이 이 통유리 문도 자동 잠금 시스템으로 교체했다.

　"살려주세요!"

　도경은 허리를 굽히며 소리쳤다.

푸른 고양이

"왜 나한테 이래요?"

다시 허공을 향해 고함을 질렀다. 우산으로 천장을 찔렀다. 아슬아슬하게 달려 있던 전등갓이 결국 떨어졌다. 러그 위로 떨어져 상태는 온전했다. 도경은 우산 꼭지로 반구 모양의 전등갓을 찍었다. 하얀색 반투과성 플라스틱 조각이 사방으로 튀었다.

"누구 없어요?"

한 무리의 고등학생들이 사라진 후 더 이상 행인은 없었다. 아무리 외지고 미분양이 많아 세대수가 적은 곳이고 갑작스런 추위가 닥친 저녁이며 단지 뒷길이라도 그렇지. 아파트 단지 안인데 어쩌면 이렇게 행인이 없는지 의아할 뿐이었다.

"계세요!"

도경이 깨금발로 난간대에 가슴을 댔다. 우산 끝으로 아랫집 천장에서 가장 가까운 곳을 칠 요량이었다. 불이 켜진 것으로 보아 사람이 안에 있는 게 분명했다. 한 손으로 난간대를 움켜쥐고 상체를 숙였다. 우산을 쥔 손이 심하게 흔들렸다. 장우산 무게를 감당하기도 버거웠다. 간신히 한 번 치고 다시 쳐보려는 순간 우산이 도경의 손아귀에서 빠져나갔다. 펼쳐지다 만 검은색 우산이 자작나무 흰 가지 사이에 전사자처럼 누워버렸다. 숨이 차올랐다. 도경은 난간대에 두 겨드랑이를 걸고 숨을 골랐다.

롱패딩 차림에 마스크를 한 여자가 보였다. 팔꿈치를 직각으로 구부린 상태로 두 팔을 크게 흔들며 걸어오고 있었다.

"여기요!"

여자가 고개를 젖히고 올려다보았다. 도경의 가슴이 안도로 울컥했다.

"제가 갇혔어요. 신고 좀 해주세요."

여자가 잠시 주춤했다. 고개를 들어 도경을 올려다보았다. 그런데 마치 아무것도 보지 못한 듯 고개를 다시 돌리더니 걷기 시작했다.

"저기요!"

여자가 걸음 속도를 높였다.

"살려주세요."

도경의 외침에 여자가 뛰다시피 걸었다. 의도적인 외면이 분명했다.

"제발, 도와주세요."

여자의 모습이 빠르게 건물 뒤편으로 사라졌다.

"도대체 왜 그러는 거예요?"

도경이 무너지듯 난간대에 몸을 실었다. 잠시 생기를 되찾았던 시선이 바닥으로 떨어졌다. 텃밭을 일궜던 자리에 방치된 검은색 멀칭 비닐이 어수선하게 흩어져 있었다.

도경은 자신의 단어 선택에 문제가 있었음을 깨달았다. 갇혔다, 신고, 살려주세요. 모두 격한 부부싸움을 상상하게 만드는 표현이었다. 타인의 험한 가정사에 개입되는 것을 꺼렸을지 모른다. 그런 오해를 살 표현은 삼가야 했다. 도경의 고개가 힘없이 젖혀졌다. 갓을 잃은 전구가 맨눈으로 내려다보고 있었다. 눈동자를 잃어 허연 눈알만 남은 악마의 눈 같았다.

가로등이 들어왔다. 7시가 된 거였다. 어둠이 가로등 불빛 주변을 비껴 검은 칠을 하고 있었다. 빛과 어둠의 경계가 한 끝에서 겹쳤다.

"누구 없어요!"

건조한 쇳소리가 짧게 파동하다 사라졌다. 희미한 빛이 새어 나오는 아래층을 향해 다시 한번 소리를 질렀지만 방 통유리를 통과할 만큼의 성량도 되지 않았다. 도경은 다시 바닥에 누웠다.

도대체 왜 이런 고통을 견뎌야 하는지. 습관이 된 질문을 도경은 다시 던졌다. 아침에 청소할 때 보았던 가스레인지 모습이 떠올랐다. 화구는 네 개였다. 사용은 하나만 했는데 사용하지 않은 세 화구가 엉망으로 더럽혀져 있었다. 말끔한 모습을 하고 있는 것은 늘 사용했던 화구 하나뿐이었다. 불은 남편이 냈는데 불똥은 가족들에게 튄 것과 같았다. 평소 같았으면 남편으로 향한 증오심이 들끓었을 것이다. 그런데 자신 또한 아들과 시아버지에게 불타는 화구였다는 생각에 가슴이 쓰렸다. 그 일 전까지는 적어도 일주일에 두세 차례 시아버지를 방문했었다. 냉장고에 반찬을 채울 때마다 그는 예의 바른 인사를 건넸다. 고맙지만 일주일에 한 번으로도 충분해요. 다정한 시아버지였다.

　얼마나 시간이 지난 것일까. 도경은 바닥에서 몸을 일으켜 앉았다. 선잠이라도 빠졌던 것일까. 뻑뻑하던 눈이 개운해졌다. 낮게 깔린 구름이 노을빛에 물들어 있었다. 하늘에 그렇게 많은 색이 존재한다는 것을 처음 알았다. 도경은 색의 이름을 불러보았다. 고흐의 해바라기색에서 멈췄다. 아는 색의 이름이 정말 적었다. 노을 든 들판에 흰 새 한 마리가 날아왔다. 짧은 날갯짓을 하다가 말고 한 발로 섰다. 문득 무엇인가 떠올라 그대로 멈춰 깊은 생각에 잠긴 듯했다. 이 세상과 영별하고 도착한 다른 세상인 것만 같았다. 새벽녘 감정의 반전처럼 그것 또한 찰나였다. 하늘이 삽시간에 어두워졌다. 노을도 새도 한순간에 사라져버렸다. 빛과 어둠, 안락과 혼란, 치분과 용서의 경계가 한 뼘도 되지 않은 것처럼 느껴졌다.

　러그에서 사체의 냄새가 자꾸 맡아졌다. 속이 울렁거렸다. 죽은 새를 털어내고 러그를 원통으로 만들어 그 안에 눕고 싶었다. 사체가 공간에 놓이도록 러그를 말았다. 통나무 같은 러그를 난간대에 올리는데 팔과 다리가 심하게 떨렸다. 러그 한쪽을 기울였다. 그래도 사체가 빠져나오지 않았다. 러그를 흔들었다. 순간 러그가 도경의 팔에서 빠져나갔다. 나뭇가지에도 걸리지 않고 바로 놀이터 바닥으로 떨어졌다. 제법 둔탁한 소리가 났지만 발코니 문을 여는 사

푸른 고양이

람 소리는 들리지 않았다. 도경이 그대로 주저앉았다. 남편의 학교로 가 대자보를 읽던 순간과 동일한 기분에 휩싸였다. 도경의 생명력을 유지하는 기관이 통째로 빠져나간 것 같았다.

차라리 남편이 바람을 피웠거나 누군가를 사랑해서 일어난 일이었다면 해결은 간단했다. 혼자 앓고 정리하면 그뿐이었다. 적어도 세상 사람 모두가 자신을 향해 비난과 동정의 시선을 던질 거라는 피해의식에는 사로잡히지 않았을 것이다. 도희 말이 떠올랐다. 그러다 큰코다친다. 성인이 된 후에도 그렇게 모든 것을 호의적으로 해석하고 낙천적인 쪽으로 본다는 거, 그거 일종의 병이거든. 현실도피에 회피. 그런 사람들이 한 큐에 간다니까. 동생에게는 낙천적 성향에 낙관적 견해를 가진 언니로 보였던 모양이었다. 중학교 때 위암으로 엄마를 잃었다. 엄마의 투병 과정과 마지막 단말마의 경련을 지켜본 후 죽고 사는 일과 무관한 아픔이나 괴로움은 엄살처럼 느껴졌다. 남편과의 일을 겪고서야 차라리 죽음은 희망이 될 수 있음을 깨달았다. 남편의 일은 죽고 사는 일과는 거리가 멀었다. 그래서 더욱 절망했다.

윗집에서도 희미한 불빛이 새 나왔다. 미세먼지 때문인지 밤안개 때문인지 눈앞이 뿌옜다. 아직 옆집에서는 오렌지색 불빛이 비치지 않았다. 형민이 늦는 모양이었다. 도경이 주먹 쥔 손으로 통유리를 쳐봤다. 시멘트 벽을 치는 느낌이었다. 팔꿈치로 쳤다. 팔이 제대로 굽혀지지도 않았다. 너무 늦은 시도였다. 사람을 기다리는 간절함으로, 온몸에 온기가 돌고 근육이 굳기 전 시도했더라면 신체의 한 부분이 골절됐을지 모르지만 유리는 깰 수 있었을지 모른다. 피로감이 밀려왔다. 추위나 초조감 따위로는 더 이상 괴롭지 않아 다행이었다.

도경이 길게 누웠다. 두 손을 포개 가슴 위에 올려놓았다. 농밀한 어둠이 도경의 몸을 덮었다. 새벽녘에 꾼 꿈이 생생하게 떠올랐다. 누군가 침대 머리맡에서 머리카락을 당긴다. 아들? 말하고 싶은데 발화가 되지 않는다. 그러다 아들이 샌디에이고에 있다는 것을 깨닫는다. 공포감에 휩싸이는 순간 그것이 꿈임을 인지한다. 어서 꿈에서 깨어나야 한다고 생각하면서도 눈이 떠지지 않는다. 간신히 몸을 일으켜 침대에 걸터앉는다. 어지럼증을 느끼며 방문을 연다. 거실에 햇살이 가득 들고 새하얀 망사 커튼이 바람에 나부낀다. 거실 가운데 상자가 놓여 있다. 다가가 내려다보는 순간 그것이 관이었음을 깨닫는다. 그 안에는 자신이 들어 있다. 그러고는 잠에서 깼다. 숨이 막혔다. 암막커튼을 걷었다. 완연한 설국이었다. 무덤에서 나온 느낌이었다. 3월 말의 함박눈을 보면서 깨달았다. 죽음을 향해 가는 기차에 안에 앉아 창밖으로 뛰어들 생각만 하고 있었다는 것을. 어차피 인생이라는 기차가 멈추는 곳은 죽음이었다.

불 켜는 세대가 점점 많아졌다. 어둠을 밝히는 저 빛 속에 사람이

푸른 고양이

있었다. 도경은 눈을 감았다. 빛의 잔영이 떠돌았다. 노력한다고 될 일이 아니었다. 왜, 문을 닫아버렸을까. 왜, 러그를 털고 싶었을까. 왜, 자동 잠금장치 문으로 교체했을까. 왜, 이곳까지 이사를 왔을까. 왜, 엄마로서의 삶과 며느리로서의 역할까지 버려야 했을까. 형민에게는 왜 그렇게 모질게 굴었을까. 사람을 대하는 심상까지 훼손시켜서는 안 됐다. 그의 마지막 쪽지에 적힌 문장이 생각났다. 남편을 용서할 수 없다 해도 자신의 삶을 포기하면 안 됩니다.

"어둠을 못 견뎌요. 저 사람, 해가 지기도 전에 온 집에 불을 켠다고요."

그의 생각이 그의 음성을 만든 것일까. 환청이 분명하다고 생각하면서도 도경은 확인하고 싶었다. 눈을 뜨려 해도 눈꺼풀이 열리지 않았다. 익숙한 음성이 갑작스런 새소리로 바뀌며 고막을 찢었다. 다시 자잘한 새소리가 들렸다. 급하게 휘몰아 부르는 작은 새 지저귐에 굵직한 새소리가 시김새를 넣었다. 그렇게 가까운 새소리는 처음이었다.

"서둘러요, 제발!"

명려한 새소리가 다급한 사람 소리로 바뀌었다. 눈을 분명히 감았는데 오렌지색 불빛으로 눈이 부셨다. 환청이요 환시라고 믿으면서도 심장이 교체된 듯 새롭게 요동쳤다. 첫 숨인 듯 도경은 폐부에 고인 공기를 길고 가늘게 토해냈다. ❋

내몰린 인간, 틈새의 빛

김나정

컨베이어벨트에 올라간 삶은 꾸역꾸역 밀려간다. 이런저런 부품들이 얼기설기 달라붙어 괴물이 되어가는 것 같다. 나는 나에게서 멀어진다. 시간이 지날수록 완성되기보다는 해체되는 듯싶다. 이건 아니다 싶지만, 마음의 바닥은 늘 흔들리지만, 이 속도와 흐름에서 벗어나기란 쉽지 않다. 호랑이 등에 올라타서 어둠을 흘려보낼 뿐이다.

처음엔 당신을 사랑해서 버틸 수 있었어요. 그다음엔 시훈이를 위해서 견뎠고. 그러고는 엄마 살아 계실 때까지만 했어요. 서른 중반이 넘자 두려웠어요. 9번지 여자 말대로 경제적으로 독립할 엄두가 나지 않았어요. 10년 넘게 전공과 무관한 생활을 해왔잖아요. 막막했어요. 무엇보다 익숙해진 불행에서 빠져나가봤자 낯선 불행일지 모른다는 두려움이 컸어요.

　　　　　　　　　　　　　　　　　　　—「겨울바람」에서

더는 안 된다. 송지은의 소설은 이 관성의 삶을 '멈추는' 순간에서 시작한다. 단호하게 인물들을 궁지에 몰아붙이고 벼랑 끝에 세운다.

「알라의 궁전」은 약품 저장 창고에 갇힌 티푸가 저체온증에 빠지는 순간에서 출발한다. 「동물의 사육제」에서 미라는 유학 자금이 끊기고 머물던 집에서 쫓겨나며 레슨도 끊기고 불법체류자로 굴러떨어지게 될 처지다. 「겨울바람」에서는 후미진 마을의 외딴집에서 사는 여자가 남편을 살해한다. 「오래된 입주자」의 몰래 귀국한 '나'는 침대 밑에 숨어서, 기생의 삶을 끝내려 한다. 「푸른 고양이」의 남우는 아무래도 캐비닛 속에 들어가 있는 것 같다. 「한 뼘 사이」의 여자는 외딴 아파트 발코니에 갇혀 옴짝달싹하지 못한다.

송지은의 소설은 인물들의 한계상황에서 출발한다. 인물에 대한 묘사나 배경 설명 같은 찬찬한 도입부를 잘라먹고, 불쑥 궁지에 처한 인물부터 들이민다. 컵에 물이 넘치기 직전의 상황은 긴박감을 자아낸다. 독자는 인물이 이 상황에서 어떻게 행동할 것이며 어떤 선택을 할 것인지에 주목하게 된다.

작가가 인물에게 마련해준 무대장치는 참신하다. 극적이지만 작위적이지 않다. 그 인물에게 맞춤인 한계상황을 작가가 면밀히 고려했기 때문이다. 탐욕과 허영, 폐쇄와 도주라는 삶이 낳은 자연스러운 궁지로 보인다.

섭씨 4도의 냉장고 안, 화천 오지, 독일 예술마을, 의학전문대학원 실험실 캐비닛, 문이 잠긴 7층 발코니, 침대 밑 등. 모두 폐쇄 공간이다. 외부와 접촉할 수 없고, 더 이상 달아날 길이 없는 궁지다. 이런 폐

작품 해설 : 내몰린 인간, 틈새의 빛

쇄 공간은 인물의 내면이나 상황을 반영한 결과물이다. 소설에 등장하는 인물들은 이미, 옴짝달싹 못하는 궁지에 몰린 상태였으며 밀폐 공간은 이를 형상화한 것이다. 내내 갇혀 있었건만 자신이 갇혔는지 몰랐던 인물들은 밀폐 공간에 감금되면서 자신의 처지를 극명하게 알게 된다. 이런 궁지에 처한 인물들은 이 시대를 사는 사람들의 상황을 압축적으로 보여주는 기능을 한다. 소설의 등장인물들은 동시대 삶의 그늘을 형상화하기 마련이다. 무엇보다 이러한 밀폐 공간은 인물들을 가두어 오롯이 자기 안에 집중하게 만든다. 이제까지의 삶을 되돌아보는 '멈춤'의 시간이 열린다.

멈추면 열리는

갇힌 인물들은 자신이 어쩌다 여기까지 내몰리게 되었는지를 되새김질한다. 과거를 거슬러 올라가, 무엇이 자신을 여기까지 내몰았는지를 알아내고자 한다. 집요하게 원인을 파헤친다. 길을 잃은 사람들은 어디서부터 잘못된 길로 들어서게 되었는지를 되짚는다. 벽에 갇힌 인물들은 자신의 안팎을 둘러싼 암흑을 숙독한다.

「알라의 궁전」의 방글라데시 유학생 티푸는 네 평 남짓한 냉장고 안에 갇혔다. 도움을 청할 길은 없는데 체온은 점점 떨어진다. 약품 중개업자의 꼬임에 넘어가 유통기한이 지난 실험약품을 빼돌리려다 위기에 처한 티푸는 감금되고 나서야 자신이 얼마나 망가졌는지를 실감한다. "냉장실 안에서는 시간이 제멋대로 흐른다. (…) 내가 돌아보고 싶지 않는 시간으로 자꾸 나를 끌어다 놓는다." 가난한 부모는 종교로 궁핍을 메우다 목숨을 잃었고 티푸는 신에 묶여 체념하는 삶을 버렸다. 환경을 선택하겠다는 의지로 자신의 아이를 가진 연인을 등지고 한국에 왔다. 하지만 한국에서의 삶은 호락호락하지 않았다. 손가락으로 음식의 감촉까지 맛보던 습관을 버리고 정크 푸드로 채워지는 몸은 비대해졌다. 체온을 올리기 위해 고향에서 했던 요가 동작을 수행하지만 몸은 뜻대로 움직여주지 않는다. 그는 생존을 위해서라고 정당화했던 행동들이 결국은 자신을 파괴했다는 것을 알게 된다. "나는 훔치기만 했다. 부모에게서 선한 아들을 훔쳤고 나디로부터 사랑하는 남자를 훔쳤다. 친구들에게서 유쾌한 친구를 훔쳤고 나에게서 웃음을 훔쳤다. 스위티에게서 자상한 아빠를 훔쳤고 알라로부터 신실한 자녀를 훔쳤다. 그 모든 것을 훔쳐 섭씨 4도 냉장고 안으로 도망쳤다."

냉장고에 갇혀서야 티푸는 성공을 위해 달려온 시간이 결국 부모에게서 사랑하는 아들을, 사랑하던 여인에게서 연인을, 아들에게 아버지를 도둑질한 시간이었음을 깨닫는다. 멈춤의 시간은 얻은 것과 잃은 것을 저울질하게 한다. 시간이 멈추고 나서야 비로소 지나간 시간의 의미가 오롯이 드러난다.

「겨울바람」의 가정폭력에 시달리던 여자는 외딴집에서 버려진 듯 살아간다. 하지만 남편이 저지른 교통사고로 '나'는 더는 이렇게 살 수 없다는 것을 절감한다. 남편은 자동차 사고로 불륜 대상이 죽자, 아내에게 사고 처리를 함께 하자고 강요한다. 불륜에 폭력, 인격 모독까지

작품 해설 : 내몰린 인간, 틈새의 빛

일삼던 남편은 '나'를 '벼랑' 끝으로 몰아붙였고, '나'는 가장 극단적인 방법으로 남편과 결별한다. 이 소설은 '나'가 완전범죄를 꾀하며, 죽은 남편에게 자신의 속내를 털어놓는 과정으로 진행된다. 그녀는 왜 남편을 죽일 수밖에 없었는가. 비극은 착각에서 출발했다. "당신이 아픈 거라고 생각했어요. 아내의 세심한 배려와 사랑으로 치료될 수 있는 인격 장애쯤으로 착각했던 거예요." 미적지근한 망설임이 사태를 악화시켰고 모멸의 시간을 견디면서 여자는 점점 자신을 죽여왔다. 자식을 위해 어머니를 위해 버텼고, 생활력은 마모되고 홀로 살아갈 길은 막막했다. 이웃 여자로 대표되는 외부의 시선도 벽을 세운다. 모두에게 내몰린 여자는 죽은 듯 살아왔다. 하지만 남편을 죽이고 나서야 여자는 자기를 살려야겠다는 의지를 다진다. 적극적으로 완전범죄를 도모한다. 남편의 부당한 행위에 대한 정당방위란 변명은 통하지 않는다. "오랫동안 폭행을 당해온 여자는 정당방위 성립이 안 된대요. 맞는 동안 내면에 살의가 쌓여왔기 때문에. 10년이 지나도 바뀐 것이 없었어요. 물론 형식이나 절차는 많이 달라졌어요. 그러나 다 벗기고 나면 내용물은 거의 변하지 않은 거죠." '나'를 살릴 수 있는 것은 나밖에 없다. 남편의 죽음을 사고로 위장하는 과정은 여자가 다시 태어나는 과정이기도 하다. 또한 남편을 살해하고 나서야 여자는 자신의 폭력성과 마주하게 된다. "당신 같은 사람은 타고나는 거라고 믿었거든요. 나는 어떤 상황에서도 폭력이 발휘될 수 없는 인간의 부류에 속하고. 그런데 광분한 사람은 누구나 사나운 짐승으로 돌변할 수 있음을 깨달았어요. 누구에게나 불가사의한 폭력성이 내재되어 있다는 사실을 알게

푸른 고양이

된 거죠." 남편을 죽임으로써 비로소 남편의 폭력성을 이해하게 되는 셈이다. 눈을 맞으며 '나'는 얼음이 깔린 호수에서 죽기로 했던 자신의 과거를 떠올린다. "얼음물 속 숨 막힘의 고통을 상상하면 어떤 불행도 견뎌낼 수 있을 거야, 자위하며. 정말 얼마나 멍청했는지. 웃음이 나네요." 여자는 이제 자신을 죽음으로 몰아넣었던 과거와 결별한다. 자신을 가뒀던 감옥에서 빠져나온다. "당신, 이렇게 집 밖에서 우리 집을 감상한 적 있어요? 나는 처음이에요. 안에서는 커튼 틈으로 집 밖을 살폈고 집 밖에서는 안으로 들어가기 급급했어요." 한계상황은 인물이 자신의 문제를 직시하고 살아갈 길을 모색하는 계기가 된다.

기생에서 탄생으로

궁지와 밀폐는 인물이 자신의 문제에 집중하게 만든다. 송지은 소설에서 인물들이 처한 불행의 요인으로 주목되는 것은 '기생'이다. 「동물의 사육제」와 「오래된 입주자」에는 음악을 전공하는 딸들이 등장한다. 그녀들은 예술에 대한 열정이 아니라 어머니의 허영심이나 속물 근성에 떠밀려 유학을 갔다. 하지만 외부의 압력에 의한 선택은 내적 열정을 지펴내는 데 한계가 있다. "성공하기 전까지는 피아노와 사랑에 빠져야 한다고 스스로를 다그쳤다. 외도하는 사람에게 음악은 성공의 월계관을 씌워주지 않는다고 믿었다. 그러나 늘 고단한 짝사랑인 것만 같았다."

작품 해설 : 내몰린 인간, 틈새의 빛

파고들다 보면 표면에 드러나지 않던 문제들이 모습을 드러낸다. 인간관계란 일방적이지 않고 기생관계 역시 상호적이다. 어머니들은 딸에게 자신의 욕망을 떠넘기고, 딸들은 그 욕망에 기대어 어머니를 파먹는다. "엄마는 남편과의 삶에서 실패한 성취감을 딸의 성공을 통해 얻어내고 싶은 거라고 생각했다. 거부감이 느껴졌다. 그러나 이제 엄마의 그러한 신념이 바람직한가에 대한 고민 따위는 사치가 되었다. 악하고 추한 돈으로라도 무사히 학사 졸업장을 획득하고 대학원에도 진학하고 싶다." 어머니는 딸에게 자신의 허영심을 투영하고, 딸은 그것을 이용하여 자신의 욕망을 부추긴다. 서로가 서로에게 기생하는 공생 관계다. 모녀의 상호 기생 관계는 「동물의 사육제」에서 미라와 요엘라의 관계로 되비쳐진다. 미라는 한국인 파독 간호사 친구를 두었던 요엘라의 집에 머무는데, 요엘라에게 피아노 레슨을 해주고 하루 한 시간씩 대화하는 것으로 방세를 대신하기로 했다. "피아노 레슨은 노파의 명랑과 젊은 유학생의 우울이 흰 건반과 검은 건반처럼 대조를 이루는 시간이다. 요엘라는 가난한 유학생에게, 미라는 외로운 독거노인에게 선심을 베푸는 것이라고 각자 생각했다. 그러다 언젠가부터 서로에게 불만이 쌓이기 시작했다. 두 사람의 선심은 결국 앙심으로 변질되었다." 서로에게 기대고 자신의 욕망을 투영하는 기생 관계는 결국 파탄을 가져올 수밖에 없다. 미라는 학비가 끊기고 손의 통증으로 연주가 힘들어지고 학교에서 궁지에 몰리며 레슨이 끊기고 머물던 집에서도 쫓겨날 처지에 놓이고서야 자신이 처한 상황을 직시한다. 이제 미라는 자신에게 예술이 어떤 의미인지에 대한 답을 구해야 한다.

이런 미라의 모색에 지침이 되어주는 것은 예술에 대해 그녀와 상반된 생각을 지닌 사람들이다. 미라에게 예술은 성공을 위한 발판일 따름이었다. 그러나 미라의 레슨을 받는 지수는 무엇에도 목숨을 걸지 않는다. "피아노에 목숨 걸어야 한다구요? 그런 게 어딨어요? 예술은 인간을 위해서 있는 건데." 동물원 근처를 헤매는 예술지상주의자 슈바흐토벤도 미라에게 예술이 무엇인지에 대해 보여주는 인물이다. 그는 경쟁을 위한 동물의 사육장이 되어버린 세상에서 더 이상 예술을 할 수 없다며, 자신의 피아노를 끌고 동물원과 이어지는 숲속으로 가버렸다. 예전의 미라는 슈바흐토벤을 음악가로서의 성공을 꿈꾸다가 끝내 실패한 낙오자로 치부했다. 그러나 자신이 경쟁이나 성공이란 말을 떼어내고 예술과 마주할 때 지수와 슈바흐토벤은 미라에게 다른 삶의 방식을 열어준다. 어두운 숲속으로 들어간 미라는, 오두막집에서 퍼져 나오는 음악 소리를 듣는다. "처음 듣는 곡이 분명한데 늘 듣고 싶었던 선율이다." 소음이 철저하게 차단된 방에서도 지워지지 않는 소리가 있다. 자신의 심장이 뛰는 소리를 들을 수 있다. 한계상황에 내몰려 모든 잡음과 차단된 뒤에야 미라는 비로소 자신의 '소리'를 듣는다.

「오래된 입주자」에는 다양한 기생 관계가 등장한다. '나'의 몸 안에 있는 기생충, 엄마에게 들러붙은 나, 주위 사람들에게 돈을 뜯어내는 엄마, 나에게 들러붙은 애인 애덤. 나아가 자식이란 엄마의 뱃속에서 기생한 생명체였을지도 모르며, 인간 자체가 지구에 기생하는 존재일지도 모른다는 생각까지 범위를 넓힌다.

기생 관계로 맺어진 인물들은 서로를 파먹는다. 숙주는 기생충에게

작품 해설 : 내몰린 인간, 틈새의 빛

조종당하고 삶은 왜곡된다. 어머니가 타인들에게 돈을 뜯어내는 건, 딸에게 학비를 보내주기 위해서이고 이는 자신의 허영심을 채우기 위한 방편이었다. 딸은 어머니에게 유학 자금을 받아 동거하는 남자친구를 부양한다. 하지만 그런 삶은 한계에 직면한다. 어머니 몰래 귀국하여 침대 밑에 숨은 '나'는 어머니가 학비를 마련해주기 위해 타인을 속였다는 것을 알게 된다. 자기기만이 자신과 마주한다. 캄캄한 현실과 마주한 '나'는 숙주의 몸에 틀어박힌 기생충과도, 몸을 웅크린 태아와도 유사하다. 얽히고설킨 기생 관계를 끊어내는 것은 쉽지 않다. 벗어나려면 끊어내는 수밖에 없다. "엄마의 고향이기도 한 그곳에 가서 엄마를 처음으로 되돌려놓아야 한다." '나'는 자살로 위장하기 위해 엄마를 태운 차를 바다에 밀어 넣기로 한다. 생명보험금을 손에 넣기 위해서라는 꿍꿍이로 존속살해를 계획한다. 하지만 엄마는 갯벌에 세워둔 차 안에서 모습을 감추고, '나'는 물이 차오르는 갯벌에 홀로 남겨진다. 도움을 준 사람은 "니 말이 참말이라면 니 엄마는 이미 도망친겨."라고 말한다. 바닷물이 되흘러들고, 발이 푹푹 빠지는 갯벌에서 '나'가 빠져나오는 장면은 출산 과정을 닮았다. 내가 엄마를 낳고, 내가 나를 낳은 모양 새다. 끈끈한 기생관계에서 벗어나려면 단절과 분리를 통해 각자로 거듭나는 과정이 필요하다.

푸른 고양이

거리두기와 균형감각

　송지은의 소설은 적절한 거리두기와 균형감각이 돋보인다. 대학 연구실을 배경으로 하는 「푸른 고양이」는 감금 상태의 인물 대신 그 인물을 관찰하는 화자를 통해 인물을 궁지로 몰아넣는 상황을 그려낸다. 이 작품은 기초의학을 전공한 의학도가 이 사회의 부조리와 열악한 환경에서 어떻게 파괴되는지를 상대적 열등감과 박탈감에 찌든 젊은 대학원생의 시선으로 관찰한다. 초점인물에 대해 적대적인 인물의 시각을 동원하여 상황을 다각도로 비춘다. 화자인 '나'는 초점인물인 남우를 미심쩍게 바라보지만, 열등감에 가득한 화자의 시선을 곧이곧대로 받아들이기도 어렵다. 독자가 궁리하여 채워야 할 미지수가 늘어나는 셈이다. 화자가 초점인물의 진위를 파악하기 어렵듯, 독자는 화자의 판단에 대해서도 거리를 두고 바라보게 된다. 이런 공들인 장치를 통해 이 작품이 드러내고자 하는 바는, 재능과 의지가 넘치던 기초의학 전공자를 가두는 벽의 실체다. 남우가 인터넷에 올렸던 글인 "실험이 뜻대로 되지 않아 고민이십니까. 머리 좋은 연구 노동자 한 명 구입하세요. 24시간 풀가동에 최저보다 저렴한 임금으로 가능합니다. 기초의학 전공자 유인 선전에도 이용 가능합니다. 이 특별한 기회, 놓치지 마세요!"는 기초의학도를 가두는 현실의 실체를 단적으로 보여준다. 남우의 모습을 대변하는, 실험용 고양이 1004번은 혹독한 실험을 거듭 받지만 죽는 대신 고통스럽게 살아남았다. 남우의 아버지는 의학 공부를 하는 아들의 장래를 위해 세 번이나 자살 시도를 하다가 눈을 감았

작품 해설 : 내몰린 인간, 틈새의 빛

다. 이런 현실을 견디지 못한 남우는 사라지고, '나'는 남우가 캐비닛에 자신을 감금시켰다고 짐작한다. 하지만 정작 그 캐비닛이 실려 나갈 때 막아내지 못한다. 후각이 예민한 화자는 주위의 변화에 민감하지만 피해의식 때문에 초점인물인 남우를 삐딱하게 바라본다. 작가는 일그러진 화자의 시각과 이해받지 못하는 남우의 처지를 동시에 보여줌으로써 왜곡된 사회상을 겹으로 그려낸다. 인물과 사건에 입체적인 깊이를 부여하여 지금 이 시대의 인간이 어떤 상황에 내던져져 있는지를 진지하게 성찰한다.

멈춘 시간은 사태를 폭넓게 바라보는 기회를 마련해준다. 궁지에 몰린 인물은 자신을 피해자라고 연민하기 쉽다. 가해자를 지목하여 탓하기 십상이다. 하지만 상황은 그렇게 단순하지 않다. 생각을 파고들면 온전한 그늘도 완전한 빛도 없다. 「비수구미」에서 '나'는 엄마의 장례식에서 예전 연인의 어머니인 비수구미를 떠올린다. "애써 도망쳤는데 골목을 잘못 들어 다시 제자리에 도착한 심정이랄까. 과거로부터 조금도 벗어나지 못했다는 좌절감이 밀려왔다. 이렇게 우연으로 가장한 과거와의 조우가 계속하여 이어질지 모른다는 불길함에 휩싸였다. (…) 명환과 함께 있을 때 느꼈던 절망감과 헤어진 이후 한동안 시달렸던 상실감이 고스란히 느껴졌다." 상실감과 불안에 휩싸인 '나'는 명환의 어머니가 사는 비수구미를 찾아간다. 신비한 물이 만든 아홉 가지 아름다움을 의미하는 '비수구미'는 지명이며 동시에 그곳에 사는 명환의 어머니를 이른다. 비수구미는 '나'의 어머니와 대조되는 인물이다. 코마사 40수 수건이나 섬유유연제로 대변되는 어머니의 세계는 품위나 위생 관념 등을 따지지만, 비수구미는 새물내가 나는 걸레로 얼굴을 문지른 나에게 "걸레로 닦는다고 희야가 더러워진다니."라고 감싸준다. 이기적이고 자유분방한 엄마와는 다르게 비수구미는 나에게 아낌없이 베풀어주는 존재였다. 비수구미의 곰삭은 철학은 '나'를 매료시켰다. 비수구미가 기르던 개 "도꾸와 비수구미는 닮은꼴이었다. 도꾸도 비수구미처럼 노쇠하였으나 시선이 깊었다. 그리 길지 않은 끈에 묶여 있었으나 무엇에도 매인 상태처럼 보이지 않았다." "무서워? 사람과 엉키는 게 무섭지. 나뿐인 이 골짜구니가 뭐 무섭다니." '나'는 비수구미로부터 그동안 얽혀 있던 어머니에게 떨어져 나와 혼자 살아내는 법을 배우고, 자신을 힘겹게 했던 삶의 방식에서 벗어나고 싶었을 터다. "거지? 내 집 있고, 맘 편하고, 배부르고. 그게 거지라면 나는 거지가 좋다니." "지가 뭘 갖고 있는지 모르는 게 진짜 거지라니." 그랬던 비수구미는 치매에 걸려 요양병원에 들어갔고 집은 텅 비어 있다. 꽃의 이름을 낱낱이 기억하던 비수구미가 치매에 걸렸다는 아이러니한 상황은 '나'를 암담하게 만든다. 비수구미가 없는 빈집에 머물며 '나'는 비수구미와 지냈던 과거를 떠올리고 그전에는 보지 못했던 어둠과 마주한다. 어머니의 반대편에 놓아두고 바람직하다고 여겼던 비수구미의 삶의 그림자를 읽어내고 도시의 반대편에 놓여 이상화시켰던 벽지의 삶이 드리운 그늘 안에 들어간다. "파로호라는 이국적이면서 목가적인 이름이 오랑캐를 격파했다는 의미인 것처럼 신비롭고 아름답게 보이는 것 이면에는 잔인함이 서려 있을 수 있음을 그때는 생각하지 못했다." 목가적인 삶, 소유를 벗어버린 삶은 대안이 될 수 있

작품 해설 : 내몰린 인간, 틈새의 빛

지만 삶의 절대적인 지침이 될 순 없다. 또한 내 속에 나이테처럼 자리 잡은 시간의 흔적을 깡그리 지워낼 수 없다. 예전에 비수구미는 '나'의 손에 봉숭아물을 들여주었다. 처음 손끝 살 전체에 시뻘겠던 봉숭아물은 시간이 지나니 손톱에만 곱게 자리 잡았다. 시간이 지나면 사라지는 것과 그럼에도 남는 것들이 있다. 길은 사라진 것과 남은 것들 사이에서 모습을 드러낸다. 소설의 말미에서 '나'는 비수구미를 찾아간다. 시력을 완전히 잃고 아들도 못 알아볼 만큼 치매가 심하던 비수구미는 8년 만에 만난 '나'를 알아본다. 과거는 완전히 지워지는 것이 아니다. 징글징글하게 여겼던 어머니란 존재도 마찬가지다. '나'는 비수구미의 얼굴에서 엄마의 얼굴을 발견한다. "웃어도 찡그리는 것 같고 찡그려도 웃는 것 같은 비수구미의 얼굴이 떠오른다. 끝까지 씩씩한 척했던 엄마의 안간힘도 할리우드 액션이었을까." 비수구미와의 만남으로 '나'는 어머니를 이해할 실마리를 발견한다. 그늘을 안은 채 나름대로 버티던 두 여자들의 얼굴은 앞으로 '나'가 만들어낼 삶의 표정을 보여준다.

「한 뼘 사이」의 도경은 마음의 감옥에 갇혔다. 성범죄자 남편 때문에 도경은 낯선 지방의 외진 아파트로 달아났다. 사람들의 시선을 견딜 수가 없다. "어떤 형식으로든 최후 통지는 있는 것 같았다. 그것을 감지하지 못했거나 했음에도 무시했을 때 사달이 났다. 남편에게서도 미심쩍은 낌새가 여러 번 보였었다. 그러나 도경은 무시했다." 들끓는 자기 회의에서 벗어날 길이 없다. 도경은 가족을 비롯한 모든 인간관계를 끊어내고 자신을 고립시켰다. 겹겹으로 문을 걸어 잠그고 칩거하

푸른 고양이

던 도경은 자동 잠금장치가 설치된 문이 닫히는 바람에 발코니에 감금된다. 마음의 감옥에 갇혔던 도경이 유리 감옥에 갇혀버린 셈이다. 그렇게 갇히고 나서야 도경은 빠져나가려고 애쓴다. 해는 저물어가고 저아래로 지나가는 사람들은 무심하다. 유리문을 깨려고 발코니 한구석에서 돌멩이를 집어 들지만, "움켜쥔 순간 날개가 펼쳐지면서 부패한 내부의 무엇인가가 흘러내렸다." 발코니 한구석에 돌멩이처럼 죽어 있는 새는, 갇힌 채 죽어갈 도경과 다를 바 없다. 진정으로 갇히고 나서야 도경은 자신이 스스로를 감금시켜 죽이고 있었다는 것을 알게 된다. 자신에게 내밀어진 손을 뿌리치고, 사람들과의 관계를 단절시키며 사는 것은 이미 죽은 삶이었다. 남편에 대한 분노로 들끓었던 도경은 발코니 안에서 자신의 문제와 대면한다. 남편 때문에 가족 모두를 버려야 할 필요까지는 없었다. 샌디에이고로 떠난 아들은 "엄마도 위선자야. 아무리 큰 죄를 지었어도 그 사람의 인격은 존중해야 한다고 안 했어? 죄는 미워해도 사람을 미워해서는 안 된다며. 어떻게 겉과 속이 그렇게 달라. 엄마도 아빠랑 똑같아!" 무엇보다 이런 도주는 모든 인간을 벽으로 돌려세우며 스스로를 감옥에 갇히게 하는 결과를 낳았다. 한 사람에 대한 절망이 모든 인간에 대한 절망으로 이어질 수 있는가. 호의로 다가온 사람마저 밀쳐내는 것은 스스로를 감옥에 가두는 것과 같지 않은가. 갇힌 공간에서 자신이 처한 문제를 직시한 뒤에야 도경은 비로소 그 너머로 갈 길을 발견하게 된다.

"왜, 자동 잠금장치 문으로 교체했을까. 왜, 이곳까지 이사를 왔을까. 왜, 엄마로서의 삶과 며느리로서의 역할까지 버려야 했을까. 형민

작품 해설 : 내몰린 인간, 틈새의 빛

에게는 왜 그렇게 모질게 굴었을까. 사람을 대하는 심상까지 훼손시켜서는 안 됐다. 그의 마지막 쪽지에 적힌 문장이 생각났다. 남편을 용서할 수 없다 해도 자신의 삶을 포기하면 안 됩니다." 이 소설의 제목인「한 뼘 사이」는 도경을 밀폐시킨 벽을 넘어, 사람의 온기가 있는 공간을 의미한다. 달걀에 갇힌 병아리에게 껍질은 단단한 벽이며 동시에 세상으로 나아가는 문이다.

그늘 속의 빛

벼랑 끝에 선 사람은 걸음을 멈춘다. 어쩌다 이 지경에 이르렀을까. 이제까지의 걸음걸음을 되짚는다. 시간은 멈추고 인물은 상황과 자신의 내면을 파헤친다. 이전까지는 보지 못했던 것들이 어둠 속에서 또렷해진다. 인간을 불행하게 만드는 것의 정체와 현 사회의 문제점이 제 모습을 드러낸다. 궁지에 몰린 인물들은 자기기만을 버리고 자신의 민낯과 마주한다. 인물이 놓인 상황은 다양한 유사 관계를 통해 다각도로 비쳐진다. 적당한 거리와 사태에 대한 면밀한 분석은 상황에 대한 성찰을 가능케 한다.

작가는 인물들을 어둠 속에 가두되, 마냥 캄캄하게 버려두지 않는다. 섣부른 희망을 제시하거나 성급한 화해를 도모하는 것은 아니다. 어둠에 충분히 눈이 익어야만 틈새의 빛이 보인다. 소설의 말미에서 송지은의 인물들은 '작게' 움직인다. 이식된 꿈에서 벗어나 자기 목소리를 찾고, 소음 속에서 과거의 목소리를 기억하며, 겹겹의 문을 열고 타인을 맞아들이고, 갯벌에서 엄마와 자신을 함께 낳고, 새소리를 들으며 첫 숨을 토해낸다. 갓 태어난 아이는 자기 숨소리를 듣는다. 그렇게 삶은 시작된다.

어둠을 곱씹는 사람의 눈에만 보이는 빛이 있다. 어둠 속에서 벽을 더듬어 제 힘으로 찾아낸 빛은 소중하다. 벽에 갇힌 사람의 몸부림은 빛이 스며들 틈새를 만들어낸다. 송지은의 소설은 그렇게 그늘 속에 빛을 들인다. 어둠과 빛이 갈마드는 삶이 시작된다.

나는 눈을 감는다. 암흑은 처음이고 마지막이며 시작이자 끝이다. 코끝으로 흘러들어가는 숨과 나오는 숨에 모든 것을 싣는다. 몸이 한 개 점이 될 때까지 나에게서 멀어진다. 그 점에서 다시 시작할 수 있을 것이다. 나는 아직 숨을 쉬고 있다.

—「알라의 궁전」에서

金娜婷 | 문학평론가 · 소설가

작품 해설 : 내몰린 인간, 틈새의 빛